이 슬픔이 슬픈 채로
끝나지 않기를

오가와 이토 지음
홍미화 옮김

이 슬픔이 슬픈 채로 끝나지 않기를

さようなら、私

차례

모유의 숲 · 7

서클 오브 라이프 · 55

공룡의 발자국을 따라서 · 125

옮긴이 후기 · 248

모유의 숲

여긴 누가 더 슬픈지 재 보는 곳이 아니야.
살다가 지친 사람들이 와서
치유하고 다시 태어나는 곳이라고.

포플러 가로수 아래에 있는 벤치에 웅크리고 앉아 있는데 머리 위에서 여자 목소리가 들렸다. 나는 귀찮아하면서도 천천히 고개를 들었다. 바로 눈앞에 피부가 하얗고 포동포동한 러시아 사람으로 짐작되는 여자의 얼굴이 있었다.

그녀는 소리도 없이 사뿐히 내 옆에 앉았다. 그러고는 내가 누구인지도 모르고, 아무런 말도 하지 않았는데도 내 어깨를 끌어안아 주었다.

"맘껏 울어요."

그녀는 그렇게 말하고 눈물로 티셔츠와 치마가 젖어가는 것도 꺼리지 않고 그저 나의 등을 토닥여 주었다. 자상하게 대해 줄수록 자꾸만 울고 싶은 기분이 되었다. 흑흑, 호흡이 힘들 정도로 흐느껴 울면서 태양이 점점 머리 위로 높아지는 것을 느꼈다. 발밑에는 가을 햇볕이 만드는 검은 그림자가 선명하게 그려져 있었다.

슈트 차림의 회사원과 단정한 차림의 여직원, 책가방을 맨 초등학생이 차례로 앞을 지나갔다. 그래, 오늘부터 2학기가 시작되는구나. 나는 줄지어 걷는 아이들의 노란 모자를 눈부신 듯 쳐다보았다.

이른 아침부터 여자 둘이 이러고 있는 게 거슬린다는 듯 노골적인 시선을 던지는 사람이 있는가 하면, 마치 우리가 보이지 않는 것처럼 서둘러 역으로 걸어가는 사람도 있었다.

"고."

이 말밖에 나오지 않았다. 누군지는 모르지만 나는 이 친절한 사람에게 내가 왜 울고 있는지 설명하고 싶었다. 하지만 '고'까지 뱉고 나니 감정이 밑바닥에서부터 끓어올라 그만 입이 다물렸다.

누군가 옆에 있어 주는 것만으로도 이렇게 마음 놓고 울 수 있으리라고는 생각하지 못했다. 남편 앞에서도 부모님 앞에서도 이렇게 울 수 없었다.

몇 시간 전의 일이었다. 남편과 심하게 다퉜다.

"어쩜 그런 생각을 할 수가 있어?"

나는 한밤중 침실에서 남편을 쏘아보며 화를 냈다. 분노가 끊임없이 몰려와 내 발목을 잡아끌었다.

"아직 49일도 안 지났는데 당신은……."

짐승 같은 인간이라며 비난하고 싶었지만 너무 흥분하는 바람에 말이 그만 목구멍에 걸려 버렸다. 남편은 무척 슬픈 표정으로 가만히 나를 바라보았다. 서로의 기분을 비교할 수는 없겠지만 물론 남편도 고가 없다는 사실이 슬플 것이다. 냉정하게 생각하면 알 수 있었겠지만 나는 아무리 애써도 이해할 수 없었다.

나는 남편이 막는 것도 뿌리치고 잘 때 입는 트레이닝 바지에 티셔츠 차림으로 집을 뛰쳐나왔다.

"요시코!"

남편이 현관 앞에서 내 이름을 크게 불렀지만 무시하고 문을 쾅 닫았다.

하늘을 올려다보니 아직 별이 떠 있었다. 한여름의 열기가 사라진 공기가 흥분한 마음을 식혀 줘서 기분이 조금은 나아졌다. 오랜만의 외출이었다.

이사한 지 얼마 되지 않아 길도 잘 몰랐다. 그래서 내가 유일하게 알고 있는 역으로 이어진 길을 마냥 걸었다. 걷는 동안 양쪽 유방에 진동이 전해져 욱신욱신 고통이 몰려왔다. 울고 싶을 만큼 아팠지만 이를 악물고 꾹 참았다.

이윽고 역에 도착했지만 마땅히 갈 곳이 없어서 인공하천 옆의 벤치에 앉았다. 근처에 있는 상수도에서 환경을 정비하고 그곳에 물을 흘려보낸다. 분수는 멈춰 있고 희미한 어둠 속에 콘크리트 바닥을 가냘프게 흐르는 물줄기만 강하게 반짝였다.

마을은 아무도 살지 않는 것처럼 조용했다. 마을 전체가 투명한 푸른색의 장막으로 어스름하게 덮여 있었다.

나도 모르게 그대로 잠들어 버렸던 것 같다. 눈을 뜨니 주변은 온통 아침 햇살에 감싸여 있었고, 어떤 여자가 내게 말을 걸었다. 자면서도 훌쩍였던 걸까.

정신을 차리자 그녀의 부드러운 가슴에 얼굴을 묻고 소리 높여 울고 있었다. 모르는 사람이었기에 속마음을 속속들이 드러낼 수 있었다. 눈물이 끊임없이 솟구쳤다.

이윽고 직사광선을 받아 등이 뜨거워지고 기울어가는 여름을 불러 세우려는 듯이 근처에 우뚝 서 있는 포플러 나뭇가지 끝에서 매미가 큰 소리로 맴맴 울기 시작했다.

"가요."

여자는 결연하게 말하고 재촉하듯 내 등을 두드리며 자리에서 일어섰다. 우리는 나란히 역을 향해 걷기 시작했다. 그녀가 나의 어깨를 감싸 안았다. 보도 중간쯤에 서 있는 시계가 오전 열한 시를 가리켰다.

"좋은 아침."

그녀는 역 앞에 있는 주상복합 빌딩의 계단을 말없이 오르더니 3층 문을 조용히 열었다. 순간 왠지 모르게 그리운 느낌이 들었다. 나는 호흡을 가라앉히며 그녀의 뒤를 따랐다.

"그리아, 안녕."

남자의 낮은 목소리가 들렸다.

"점장님, 일 끝날 때까지 이 사람 여기 있게 해주실래요?"

그렇게 말하며 입구 근처에 우두커니 서 있는 내게 들어오라고 손짓했다. 나는 쭈뼛거리며 안으로 들어갔다. 남자가 '점장'이라고 불리는 것을 보니 이곳은 틀림없이 가게이겠지만 가게다운 간판은 어디에도 없었다.

애써 한 걸음 더 안으로 내딛자 그곳은 널빤지로 칸막이를 쳐 둔 간소한 방이었다. 나는 문득 산부인과의 대기실을 떠올렸다. 방 한쪽 구석에서 돌아가고 있는 선풍기가 점장의 책상 위에 있는 노트와 메모지를 파닥이며 날리고 있었다.

그런데 조금 전에 들린 건 분명 남자 목소리였는데 등을 돌리고 수납장 위로 손을 뻗고 있는 건 분명 여자의 뒷모습이었다. 어, 하고 생각한 순간 점장이 뒤를 돌아보았다.

"놀랐어? 그렇게 입 벌리고 빤히 쳐다보면 부끄럽잖아."

점장이 말했다. 내가 입을 벌리고 있었다는 것을 깨닫고는 당황해서 위아래 입술을 꾹 다물었다. 이런 일이 많아서 익숙한 것인지 조금 전 점장에게 '그리아'라고 불린 여자는 내 표정을 보더니 큭큭, 하고 웃음을 참았다.

"아저씨, 아줌마. 뭐 아무렇게나 불러도 돼. 나는 오카마(여장 남자가 스스로를 칭하는 말-옮긴이) 사나에. 모두 그렇게 불러."

점장은 억지로 목소리를 높이고 여자 말투로 말했다.

"처음 뵙겠습니다."

나는 그렇게 말하고 고개를 작게 숙여 인사했다.

그런 사람들과 이야기를 나누는 것은 처음이었다. 점장은 확실히 남자라는 걸 알 수 있는 느낌으로 여장을 하고 있었다. 화장은 진했고 잘 보면 수염도 있었다. 목젖도 튀어나오고 허리가 잘록하게 가늘지도 않았다. 하지만 검은 망사 스타킹을 신은 다리만은 여자처럼 매끈하게 아름다웠다.

"봐요. 점장님이 또 이 애를 웃겼잖아요."

그리아가 내 뺨이 실룩거리는 것을 놓치지 않고 말했다.

"웃지 않았어요."

말을 하면 할수록 속이 간질간질해져서 입을 막고 필사적으로 웃음을 참았다.

"겨우 웃었네."

그리아가 나를 보고 기쁜 듯이 말했다.

"점장님, 우동 이 인분이요."

그러고는 접혀 있던 철제 의자를 펴서 내게 앉으라고 권했다.

점장은 그녀의 말을 듣고는 "알았어"라며 짐짓 점잖은 척 대답하고 안으로 들어갔다. 냉장고를 여닫는 소리와 냄비에 물을 붓는 소리가 들렸다. 나는 두리번거리며 주위를 살폈다. 학교 교실처럼 작은 구멍이 듬성듬성 난 천장은 얼룩이 지고 커튼은 햇빛에 바래 있었다. 수납장에는 《잃어버린 시간을 찾아서》를 시작으로 해외문학 전집이 죽 꽂혀 있었다. 나는 그 중 아무것도 읽어본 적이 없다는 것을 깨달았다.

처음 만난 사람들이고 모르는 장소이니 긴장을 해도 이상하지 않은데 신기하게도 나는 마치 집에 있는 듯한 기분이었다. 남편과 함께 살고 있는 집은 지은 지 일 년도 되지 않은데다 가구와 가전제품도 산 지 얼마 되지 않아서 집에서 온통 낯선 냄새가 났다. 그에 비하면 이곳은 반대로 안심할 수 있는 곳이었다. 옆에서 휴대전화를 만지작거리는 그리아에게 여기가 뭘 하는 곳인지 물어보려고 할 때였다.

"오래 기다리셨습니다!"

점장이 웃으며 커다란 그릇을 들고 나왔다.

"자, 자, 자. 그리아, 이제 휴대전화 같은 건 내려놓고 이 사람한테도 젓가락이랑 그릇이라도 좀 줘."

점장이 활기차게 말했다. 그리아는 이내 휴대전화를 달칵 접었다. 그리고 서랍에서 식기를 꺼내 건네주었다. 헝겊으로 된 깔개도 함께 줘서 그것을 그리아와 내 앞에 하나씩 깔았다. 점장이 국수용 간장을 담은 병을 가지고 와서 나와 그리아의 그릇에 따라 주었다. 양념과 시치미(고추, 깨, 진피, 삼씨, 양귀비씨, 평지씨, 산초를 갈아서 만든 향미료-옮긴이)도 넣고 나서 그리아를 따라 젓가락을 들었다.

"점장님이 만든 가마아게(삶은 면을 그 국물에 담아 낸 우동-옮긴이)는 최고라니까. 불기 전에 어서 먹어."

그리아 씨는 먹으라고 권하면서 먼저 커다란 그릇에 담긴 우동을 젓가락으로 집었다. 나도 똑같이 그릇에 젓가락을 집어넣었다. 그릇 안에는 우동 외에도 지쿠와(구멍 뚫린 대롱 모양의 어묵-옮긴이)도 있었다.

내가 우동을 입에 넣는 것을 보고는 그리아가 눈빛으로 동의를 구했다.

"맛있어요."

나는 우물우물 우동을 먹으며 중얼거렸다.

"냉동식품이야."

우리 둘을 지켜보던 점장이 의자에 등을 기대고 앉아 자랑스러운 듯 말했다.

"나도 점장님이 알려준 제품 사서 남편과 아이들에게 만들어 줬는데 아무리 해도 같은 맛이 나지 않더라고."

그리아가 그릇에서 우동을 집어 올리며 말했다.

"지쿠와 잘 잘라서 넣은 거야?"

"넣었죠. 그렇지만 쫄깃쫄깃한 맛이 나진 않았어요."

"너무 푹 삶은 거 아냐?"

나는 두 사람의 대화를 들으며 정신없이 우동을 입에 넣었다. 우동 가락이 그대로 뱃속으로 떨어졌다. 자극적인 음식을 먹지 말라고 해서 고에게 수유를 하는 동안 매운 것을 먹지 않고 참아왔다. 고가 없어진 후에도 습관적으로 피해온 탓에 오랜만에 시치미를 먹고서야 그 맛을 떠올렸다.

아직 해가 뜬지도 얼마 되지 않았는데 너무 많은 감정을 소모한 탓인지 그로부터 몇 년이나 지난 듯한 묘한 느낌이 들었다.

"마지막 남은 것도 먹어."

정신을 차리고 보니 그릇에 우동이 한 가닥 남아 있었다.

"고마워요."

나는 그리아에게 인사하고 마지막 우동 가락을 집어 후루룩 소리를 내며 입에 넣었다.

"잘 먹었습니다."

그리아가 잘 먹었다고 인사하며 핸드백에서 지갑을 꺼내려 했다. 내가 당황해서 말했다.

"제가 낼게요."

그런데 그제야 내가 지갑을 두고 뛰쳐나왔다는 사실을 깨달았다.

"죄송해요." 내가 사과했다.

"됐어. 그래 봐야 한 그릇에 백 엔밖에 안 해."

그리아가 웃으며 동전 지갑에서 이백 엔을 꺼내 점장에게 주었다.

"싸지? 재료비만 받고 만드니까. 사실 이 그릇도 고급 아파트 쓰레기장에서 주워 왔어."

점장은 후후후, 하고 의미심장한 웃음을 지었다.

그리아는 시계를 확인하고는 철제 의자에서 튕기듯이 일어섰다.

"점장님, 그럼 이 사람 잘 부탁해요. 그렇다고 여기서 일할 건 아니고요."

"알았다고요."

점장이 입을 나팔꽃 봉오리처럼 오므리며 토라진 듯 대답했다. 나는 그 동작이 너무 우스워서 다시 큭, 하고 웃을 뻔했다.

"저녁 무렵이면 끝나니까 여기서 기다려. 심심하면 상점가에 가서 놀다 와도 되고. 아, 돈 없지? 필요하면 내 지갑에서 꺼내 가도 돼."

그리아는 서둘러 이야기하고 점장과 함께 다른 방으로 갔다.

나는 혼자 남았다. 주변을 다시 휙 돌아보자 수납장 위에 가족으로 보이는 세 사람이 찍힌 사진이 있었다. 나는 봐서는 안 될 것을 봐 버린 듯이 이내 시선을 돌렸다.

하지만 사진에 있는 것은 분명 젊은 점장이었다. 화장도 여장도 하지 않은 평범한 아버지의 모습으로 부인과 아들에게 둘러싸여 있었다. 부인은 예뻤고 아들은 초등학교 1, 2학년쯤 돼 보였다. 점장은 늠름하고 잘생긴 남자였다.

"미안해. 혼자 둬서. 쓸쓸했겠네."

점장이 허리를 비비 꼬며 돌아왔다.

"어마, 봤구나? 하긴 저런 데다 보란 듯이 뒀으니 보는 게 당연하지. 봐 주세요, 하는 거나 다름없네."

그가 내 표정을 읽고 그렇게 말했다.

"미안해요." 나는 말했다.

"그렇게 쉽게 사과하는 거 아냐."

그 말을 듣고 퍼뜩 점장을 보았다. 마치 두 마리 짐승이 숲에서 딱 맞닥뜨린 것 같았다. 서로 상대의 눈을 응시한 채 피하지 않았다.

먼저 항복한 것은 점장이었다.

"참, 이름이 뭐야?"

"요시코(美子)예요."

"어마, 귀여워라."

나는 점장의 반응이 놀라워 나도 모르게 얼굴을 다시 쳐다보았다.

"그런 말 처음 들어요."

나는 솔직하게 말했다.

"정말? 어째서? 요시코라니, 좋은 이름인데. 부러워. 어떤 한자 써?"

"아름다울 미에, 아들 자예요."

"거봐. 좋은데 뭐. 자기한테 딱 맞아. 마지막에 '코'가 붙는 이름은 다 귀여워서 부럽더라, 난."

점장은 양손을 깍지 껴서 가슴 앞에 모으고 다시 허리를 비비 꼬았다.

"점장님은요?"

"어머, 내가 아까 말 안 했나? 나는 오카마 사나에라고."

"본명이에요?"

"그렇고말고. 부모님은 내가 커서 오카마가 될 거란 걸 다 알고 계셨나 봐. 여자든 남자든 다 괜찮은 이름이니 편하다면 편한 거고."

그는 태연하게 대답했다.

"그리아가 모시고 온 손님이니 차라도 대접해야지. 그리아는 사람을 자주 주워 와. 버려진 개를 보면 꼭 주워 와야 하는 어린애처럼 말이야. 어마, 미안해. 이 오카마는 입이 좀 거시기해서 말이지."

점장은 어깨를 한 번 들썩했다.

"아니에요."

나는 짧게 대답했다. 결코 기분 나쁘지 않다는 걸 전하려고 억지로 웃어 보였다.

"웃고 싶지 않을 땐 억지로 웃지 마."

그가 다시 말을 툭 던졌다. 그러고는 금방 화제를 돌렸다.

"내가 또 사과해야겠네. 여기서 일할 애라고 완전히 오해하고 있었어. 것보다 자기, 차 마실래? 아니면 커피? 더우면 시원한 보리차도 있는데."

"커피가 있으면……."

나는 반사적으로 대답했다. 커피도 시치미와 마찬가지로 임신 사실을 안 뒤부터 줄곧 마시지 않고 견뎌 왔다. 그렇게 좋아했는데. 이제는 마셔도 될 것 같다.

"알았어. 그러면 이 오카마 사나에가 엄청나게 맛있는 커피를 요시코를 위해 만들어 드리지요."

점장은 밝은 목소리로 말했다. 그리고 나를 향해 힘껏 얼굴을 찡그려 윙크를 했다.

나는 테이블 위를 깨끗이 정리했다. 그릇을 들고 안으로 가자 점장이 원두를 그라인더에 넣고 손잡이를 돌리고 있었다. 드르륵드르륵 소리가 나며 볶은 원두의 향이 진하게 퍼졌다.

"제대로 만든 커피네요."

진지한 눈을 한 점장의 옆얼굴을 보며 말을 걸자 그가 휙 얼굴을 돌렸다.

"이것도 공원에 버려져 있었어. 너무하지 않아? 아직 쓸 수 있는데 자꾸 버리잖아. 뭐, 나 같은 사람이 득을 보긴 하지만."

그가 아무렇지 않게 말했다.

나는 사람이 지나갈 수 없을 정도로 좁은 부엌 입구에 멍하니 서서 점장이 움직이는 것을 바라보았다. 깜빡이는 형광등 불빛 아래서 그는 그라인더의 손잡이를 빙글빙글 돌리며 원두를 갈았다. 그 옆의 전열기 위에는 주전자에 담긴 물이 끓고 있고 조촐한 작업대에는 융 필터와 포트, 쟁반 등이 놓여 있다.

지금 살고 있는 집의 부엌도 결코 넓지는 않지만 이곳은 그와는 비교도 되지 않을 만큼 좁았다. 벽 사이에 끼어서 자유롭게 움직이기 힘든 느낌이었다.

원두를 다 갈고 나자 점장은 마침 끓기 시작한 물로 융 필터를 적셨다. 설거지대에 뜨거운 물이 똑똑 떨어졌다.

"이거, 어디서 샀는지 알아?"

그가 융 필터에 물을 부으면서 물었다.

"주워온 거 아니에요?"

나는 대답했다.

"내가 아무거나 주워 온다고 생각하면 큰 오산이야."

기분이 상했는지 점장은 볼을 크게 부풀렸다. 나는 또 무심코 미안하다고 말할 뻔 했지만 멈췄다. 그는 융 필터의 물기를 털어내고 포트 위에 놓았다. 그러고는 주전자에 든 뜨거운 물을 쟁반으로 옮겼다. 그런 행동들이 물 흐르듯 자연스럽게 이어져 나도 모르게 지그시 바라보고 있었다.

"자기, 지금 나를 넋 놓고 본 거야?"

모든 준비가 끝나고 이제 커피 가루에 물 붓기만 남았을 때 점장이 나를 보고 살짝 웃었다. 마음을 들켜 버려서 뭐라고 대답해야 할지 망설였다. 그와 있으면 마치 감정을 엑스선으로 들여다보는 것만 같은 기분이었다. 마땅한 대답이 없어 그냥 되묻기로 했다.

"어떻게 알았어요?"

"요시코는 솔직한 아이니까."

점장은 목젖이 도드라지도록 크게 웃었다.

"지금 커피를 가지고 갈 테니까 거기서 기다려. 아, 거기 씻어둔 컵 두 개도 가지고 가고. 우유랑 설탕도 필요하면 냉장고 안에 있으니 꺼내 올래?"

"감사합니다."

나는 대답하고 겨우 그 자리를 피했다. 어두컴컴한 곳에 있던 탓인지 조금 전 그리아와 우동을 먹었던 공간이 굉장히 밝고 개방적으로 느껴졌다. 일순간 현기증이 일었다.

"오래 기다리셨습니다."

몇 분 후에 점장이 커피를 가지고 왔다.

나는 그와 마주 앉아 커피 잔을 들었다. 창밖에는 온화한 가을 하늘이 펼쳐져 있었다. 여름에는 품에 고를 안고 있었는데, 겨우 한 계절이 지났건만 내 품은 텅 비어 버렸다.

점장이 눈부신 듯 창 쪽을 돌아보았다.

"오늘은 날이 맑아서 한가하겠네."

하지만 그다지 아쉬워하는 말투는 아니었다.

"날씨가 좋으면 손님이 없나요?"

"그렇지. 여기는 비가 오면 손님들이 우르르 몰려온다고. 역시 비라는 건 사람들의 마음을 흔들어 놓거든. 이렇게 날이 맑으면 파리만 날려. 하지만 오늘은 이렇게 자기하고 같이 커피를 마실 수 있어서 다행이네. 하늘에 계신 그분께 감사드려야겠는걸. 나, 우리 집 애들한테 수다쟁이라는 소리를 듣는데 말이지, 내가 그렇게 말이 많은가? 시끄러우면 망설이지 말고 얘기해 줘. 여기 왼쪽 어깨 뒤쪽에 스위치가 있어. 그걸 꺼 버리면 언제라도 입을 꾹 다물지."

점장이 쉴 새 없이 농담을 내뱉었다.

"괜찮아요." 내가 대답했다.

"어머, 역시 자기는 솔직해." 점장이 말했다. 그리고 둘이 마주보며 키득키득 웃었다.

부드러운 바람이 살랑살랑 불어왔다. 이곳에는 나를 아는 사람이 아무도 없다. 내게 무슨 일이 있었는지 꼬치꼬치 캐물으려는 사람도 없다. 나는 무엇보다도 그런 점에 마음이 놓였다.

"점장님은 참 잘생기셨어요."

나는 커피를 홀짝이며 조금 전에 생각한 것을 말했다. 얼굴에 잔뜩 칠한 파운데이션과 블러셔, 립스틱, 아이섀도, 인조 속눈썹을 전부 지운 모습을 상상하면 꽤나 남자다운 수수한 얼굴일 것 같았다.

"어머나, 싫어. 오카마에게 잘생겼다니. 게다가 자기는 여기서 일할 것도 아니니까 점장님이라고 부르지 않아도 돼. 오카마 사나에라고 불러주는 게 좋아."

"그럼, 사나에 씨."

"그럼은 빼고."

"사나에 씨."

"왜?"

사나에는 여자처럼 말하며 새끼손가락을 세우고 거드름을 피웠다.

"이곳에 있으니 마음이 차분해져요."

아까부터 계속 그렇게 느끼고 있었다.

"어머나, 기뻐라!"

사나에는 갑자기 양손을 앞으로 뻗어 나를 꽉 껴안았다. 남자의 몸에서 나는 땀 냄새와 여자들이 쓰는 향수 냄새가 강하게 뒤섞여 독특한 냄새가 그의 주변을 에워쌌다.

몸을 떼고 나자 사나에는 조금 차분하게 말했다.

"어떤 일이 있었어."

겨우 그렇게만 말을 꺼내 놓고 사나에는 벌써 눈물을 글썽였다. 하지만 용기를 내듯 힘겹게 말을 이었다.

"나는 이제 사는 게 싫어졌거든. 죽어서 다시 태어나고 싶다고 생각했어. 하지만 목숨을 끊는 건 흉내도 내지 못했어. 그러면 나는 지옥에 떨어져서 천국에 있는 자식들과는 다시 만날 수 없잖아? 나는 어떻게 해서라도 죽은 뒤 천국에 가서 한 번이라도 아이를 만나고 싶어. 내 가족을 되찾고 싶어. 이런 이상한 장사를 하지만 내 나름대로 사람들을 돕고 싶었거든. 사람들은 위안을 찾아서 술집이나 종교, 아니면 요즘 유행하는 치유센터 같은 걸 찾지만 결국 아무것도 아니더라고. 필요한 사람이 있으면 그걸 줄 수 있는 사람이 있지. 여기는 그런 중개역할을 하는 곳이야. 어머나, 내가 또 수다를 너무 떨었나 봐."

사나에는 말을 마치고 얼른 양손으로 눈가를 훔쳤다. 그 순간 벨이 울렸다.

"어마, 손님이 왔나 봐. 요시코, 그럼 이만 실례. 심심하면 여기 있는 책 읽어도 돼. 나는 잠시 다녀올게."

사나에는 안짱걸음으로 허리를 좌우로 흔들며 자리를 떠났다. 나는 남은 커피를 후루룩 단숨에 마셨다. 그가 남긴 말들이 가슴 속에 파문을 일으키며 맴돌았다. 그것은 호수 위에 부는 바람처럼 내 마음속 어딘가를 요동치게 했다. 설명할 길을 찾지 못한 채 왼쪽 눈에서 눈물이 주르륵 흘러내렸다.

그날 집으로 돌아갈 때도 나는 그리아와 함께였다.

"고마웠어요."

상점가를 지나 조금 조용해지자 그녀에게 인사를 했다.

"당신 같은 사람을 보면 왠지 그냥 둬서는 안 될 것 같아서. 남의 일에 참견하는 오지랖 넓은 사람 같지만 말이야. 이런 건 냄새가 나거든."

"냄새요?"

"그래. 어쩔 수 없는 슬픔을 간직한 사람 특유의 분위기 같은 거랄까?"

"그걸 알아요?"

"그럼, 알지."

그리아는 자신만만하게 가슴을 폈다.

오늘 그녀가 나를 데리고 간 곳은 '모유의 숲'이라는 곳이었다. 돌아올 때 사나에가 명함을 줘서 알았다. 나는 그 명함을 아까부터 바지 주머니 속에서 만지작거리고 있었다. 생각해 보니 동트기 전에 집을 나온 상태였다. 그런 생각을 하자 갑자기 피로가 몰려왔다.

"나는 슈퍼에 들렀다 갈게."

그리아가 그렇게 말하며 산책로를 왼쪽으로 돌아갔다. 갑작스러운 만남에 이별도 갑작스러웠다. 나는 잠시 자리에 서서 그리아의 뒷모습을 바라보았다. 결코 날씬한 몸매는 아니었지만 포용력이 있었다. 그녀는 나를 돌아보지 않고 곧바로 슈퍼가 있는 방향으로 걸어갔다. 그리아의 모습이 보이지 않게 되자 나도 집으로 발걸음을 돌렸다.

결국 내가 돌아갈 장소는 이곳밖에 없다. 그렇게 생각하니 절망적인 기분이 되었다.

집을 나올 때 열쇠를 가지고 나오지 않아서 집에 들어갈 수 없을지도 모른다고 생각했는데 늘 여벌 열쇠를 숨겨두던 곳을 살펴보니 남편이 둔 것인지 열쇠가 있었다. 나는 그 열쇠로 현관문을 열고 아무도 없지만 다녀왔습니다, 하고 인사하며 신발을 벗었다. 집 안의 낯선 냄새에 다시금 숨이 막힐 것 같았다.

식사는 내가 먹을 것만 차려서 혼자 먹었다. 그 일이 있고 난 후, 남편은 밖에서 밥을 먹고 왔다.

밥을 먹고 나서 어느 샌가 소파에 누워 잠이 들어 버렸다. 집에 돌아온 남편이 목욕 수건을 덮어 주었다.

가슴이 아파서 금방 잠에서 깨어났다.

나는 소파에서 일어나 부엌으로 갔다. 그리고 가슴을 꺼내 모유를 짰다.

고가 갑자기 사라진 뒤로도 내 몸은 이렇게 줄곧 고를 위한 모유를 만들어내고 있었다. 우습게도 고가 먹을 때보다도 더 많은 양이 나왔다. 나는 매일 밤 누구에게도 먹일 수 없는 모유를 싱크대에 짜냈다. 너무나 갑작스러워 우는 것조차 잊고 있었던 나에겐 눈물 대신이었을지도 모른다.

아기 침대에서 고의 모습이 사라지고 고의 일부였던 뼈가 한 손으로 잡을 수 있을 만큼 작은 크기로 돌아온 후에도 유방은 부풀어 올라 새하얀 액체를 계속 만들어 냈다.

다음 날, 혼자서 어제 갔던 건물에 가 보기로 했다. 시간대가 달라서인지 오늘은 작은 인공하천 부근에 있는 분수에서 세차게 물이 뿜어져 나왔다. 분수는 빛을 반사하며 반짝이고 있었다. 나는 잠시 동안 그대로 서서 물줄기를 바라보았다. 어린 아이들이 탄성을 지르며 분수 속을 왔다 갔다 했다. 나도 모르게 그 안에서 고를 찾았다.

사나에의 말을 떠올리며 다시 역을 향해 걷기 시작했다. 어제는 그리아의 어깨에 얼굴을 기대고 있어서 잘 몰랐지만 '모유의 숲'이 있는 건물 1층 서점에서 전에 육아서적을 산 적이 있었다. 그때 옆에 있던 아주머니가 해 준 자상한 말에 가슴 벅차했던 기억이 났다.

2층에 있는 부동산도 안에는 들어가 보진 않았지만 남편과 살 집을 찾아다닐 때 유리창에 붙은 전단지를 본 적이 있었다. 여러 기억을 떠올리며 모유의 숲으로 이어진 좁은 계단을 한 걸음씩 천천히 올라갔다.

어제 들어갔던 문을 똑똑 두드리고 안으로 들어서자 아직 개점 전인지 사나에가 타이트한 치마를 입은 채 다리를 크게 벌리고 스포츠 신문을 읽고 있었다. 나는 그 광경을 보고 큭 하고 웃을 뻔하면서도 그의 눈을 똑바로 바라보며 말했다.

"저도 여기서 일하고 싶어요."

나 스스로도 들어본 적 없을 만큼 강한 의지가 담긴 목소리를 냈다. 배에서 우러나온 목소리는 정말 오랜만이었다.

"마음이 진정될 때까지 일해도 좋아."

사나에는 스포츠 신문을 펼친 채 바로 승낙했다.

"요시코, 내일부터 일해도 되는데. 아니면 오늘부터 할 테야?"

모유의 숲에는 크게 세 종류의 방이 있다.

하나는 대기하는 방. 처음 이곳에서 그리아와 우동을 먹었다. 주로 점장이 쓰고 있지만 일하는 여자들이 짐을 놓거나 쉬는 곳이다. 그리고 다음은 '숲'이라고 불리는 방이다. 여기에는 수유 가능한 여자들의 가슴 사진이 붙어 있다. 손님은 여기서 상대를 선택한다.

마지막은 개인실이다. 개별적으로 만남을 갖는 작은 방 몇 개가 연달아 있다. 작은 방이라고는 하지만 커튼으로 가려져 있을 뿐 옆방에 누가 들어가서 무엇을 하는지 훤히 알 수 있을 정도다.

가게를 열기 전에 점장이 안내를 해 주었는데 밀실 같은 분위기가 아닌 병원이나 백화점 안에 있는 수유실 같은 느낌이었다. 각 개인실에는 창이 있어서 커튼을 열면 창밖의 풍경도 볼 수 있었다. 커튼은 크림색의 얇은 나일론 천이었다.

나보다 조금 늦게 온 그리아가 가슴 사진을 찍어 주었다. 원래는 점장의 일이었지만 나름대로 배려해 주는 것 같았다. 대신 그가 나에게 가명을 지어 주었다. 모유의 숲에서 나는 '사쿠라'라는 이름을 얻었다.

어제와 마찬가지로 점장에게 우동을 부탁하고 기다리고 있는데 여자들 몇 명이 출근했다. 젊은 사람이 많을 거라고 생각했는데 꼭 그렇지만도 않았다. 가장 젊은 사람은 대학생이고 연배가 있는 사람은 60대 여성도 있다고 했다. 모두 그렇게 보이지는 않았다.

처음 보는 사람들이 들어오는 동안, 점장은 나를 오늘부터 일하게 된 사쿠라라고 소개했다. 하지만 누구도 자신의 이름을 밝히지 않고 가볍게 목례를 하고는 가지고 온 도시락이나 편의점에서 사 온 샌드위치를 우걱우걱 먹기 시작했다.

"수유를 하고 나면 배가 고플 거야."

우동을 먹고 나서 오늘은 내 지갑에서 백 엔을 꺼내 돈을 지불했다. 그러자 옆에 있던 마른 여자가 자신이 먹고 있던 과자를 건네주었다. 나는 기어들어가는 목소리로 "고맙습니다."라고 인사했다. 네모난 비스킷 사이에 크림이 들어 있었다. 어릴 적부터 보았던 낯익은 과자였다.

비스킷을 베어 먹는데 드문드문 손님이 들어왔고 이내 상대가 정해졌다는 벨이 울렸다. 손님은 우리가 드나드는 문이 아닌 조금 화려한 문으로 들어왔다.

모두 옷을 훌렁훌렁 벗고 나체가 된 상반신에 브이넥 스웨터나 앞에 단추가 달린 카디건 등을 걸치고 개인실로 갔다. 대부분이 아래에는 부드러운 옷감으로 만든 바지나 치마를 입었다. 점장이 바쁘게 대기실을 왔다 갔다 했다. 순식간에 모두가 나가자 나는 할 일이 없어서 테이블 위를 정리했다.

"사쿠라아."

점장이 내 이름을 길게 늘여 부르면서 대기실에 얼굴을 내밀었다.

이곳에서 내 이름이 사쿠라라는 것을 깜빡 잊고 다른 사람이라고 착각했다. 점장이 다가와 내 어깨를 톡톡 두드리는 바람에 비로소 상황을 파악했다.

"자기를 지목했어."

점장이 기쁜 듯이 내 귀에 속삭였다.

내 목에서 꼴깍 침 넘기는 소리가 났다.

"괜찮아. 어깨에 힘을 빼고. 단골손님이니까 안심해도 돼."

나는 침착하려고 마음을 다잡고 손수건으로 천천히 손을 닦았다. 그리고 조금 전에 모두가 그랬던 것처럼 대기실 한 쪽에서 블라우스 단추를 열었다. 몸을 앞으로 구부려 브래지어의 훅을 열자 갑자기 무방비 상태가 돼 버린 것 같아 불안했다.

"이거."

점장이 그 자리에서 자신이 입었던 얇은 흰색 카디건을 벗어서 빌려주었다. 그리고 불안한 표정의 나를 보고 윙크를 했다. 배에 힘을 주었다. 드디어 승부를 겨룰 때가 온 것이다. 나는 점장을 따라서 대기실 밖으로 나갔다.

개인실에는 이불과 방석이 놓여 있었다. 나는 이불 위에 앉아서 상대를 기다렸다. 결혼 전 교제했던 사람과 남편, 그리고 그 이외의 사람과는 이런 일을 해 본 적이 없었다. 과연 잘 해낼 수 있을지 불안한 마음에 굳어 있는데 점장이 고등학생으로 보이는 남자아이의 손을 끌고 들어왔다. 헤어밴드 같은 것으로 눈을 가리고 있어서 나를 보지는 못했다.

남학생은 검정 교복 바지에 흰 반팔 와이셔츠를 입고 발을 더듬거리며 내 옆으로 다가왔다. 점장은 학생의 손을 놓고 나에게 윙크를 했다. 그리고 무슨 일이 있으면 부르라는 손짓을 하며 틈을 조금 남겨두고 커튼을 닫았다.

"잘 부탁합니다."

나는 정중하게 고개를 숙이며 말했다.

남학생은 이미 작정한 포즈가 있기라도 한 것처럼 난폭하지 않은 태도로 나를 이끌었다. 나는 남학생이 바라는 대로 자세를 취했다. 그가 앉은 내 허벅지에 머리를 놓았고 내가 앞으로 수그리자 가슴이 그의 입에 닿았다. 남학생은 그대로 나의 유두를 빨았다.

순간, 나는 고를 떠올렸다.

고는 금방 부서질 듯한 가녀린 몸으로 이 세상에 왔다. 그리고 태어나 처음으로 입에 넣은 것이 나에게서 나온 모유였다. 제대로 보이지 않는 눈을 하고서도 어떻게든 나의 유두를 찾아서 입에 물었을 때 느꼈던, 뭐라고 표현할 길 없는 소중한 느낌. 나의 세계에 밝은 빛이 쏟아지는 기분이었다. 나는 고의 몸을 조심스럽게 안고서 젖을 물렸다. 얼굴은 자고 있는 듯해 보였지만 입은 필사적으로 움직이며 꿀꺽꿀꺽 모유를 먹었다. 행복하고 또 행복해서 나는 그저 울고 싶었다.

그때의 느낌이 되살아났다.

고는 매일 밤낮없이 젖을 먹었다. 한 달이 지나고 두 달이 지나자 고의 몸은 조금씩 자랐다. 생명의 색이 한층 더 짙어지는 느낌이었다.

태어났을 때 가늘고 작았던 손발이 포동포동해졌다. 그 모든 것이 나에게서 비롯된 것이라는 생각이 들자 너무나 자랑스러웠다.

"백 프로 요시코야."

남편은 묵직해진 고를 팔에 안고 말했다.

나의 유방은 지금도 고에게 줄 젖을 만들어 내고 있다. 매일매일 아플 정도로 가슴이 부풀었다. 나는 쓸모없어진 모유를 설거지대에 계속 버렸다. 하지만 이렇게 하면 모유를 누군가를 위해 쓸 수 있지 않은가. 그것이 나에게 위안이 되었다.

눈을 감고 남학생에게 젖을 물리고 있으려니 머릿속이 점점 새하얘졌다. 처음에는 방법을 몰라서 잘 빨지도 못하고 주저하더니 요령을 터득했는지 점점 능숙하게 빨았다. 시간은 한 회에 삼십 분으로 정해져 있어서 십오 분이 지나면 좌우 가슴을 바꿔야 했다. 젖을 물렸던 유방은 부풀었던 것이 사그라져 훨씬 편안했다.

그날 또 한 명의 선택을 받아서 다시 한 번 젖을 물렸다.

끝나고 나서 점장이 물었다.

"어땠어?"

어떻게 답을 해야 좋을지 몰라서 간단히 대답했다.

"내일 다시 올게요."

모유의 숲을 나와 혼자 상점가를 걷는데 뒤에서 "잠깐만!" 하는 목소리가 들렸다.

뒤를 돌아보니 그리아가 머리칼을 흩트리며 자전거를 타고 다가왔다.

"수고했어."

나는 그 자리에 서서 가볍게 미소 지었다. 서쪽 하늘에 붉은 저녁놀이 아름답게 펼쳐져 있었다. 그리아의 얼굴도 짙은 분홍색으로 물들었다. 그녀는 자전거에서 내려 내 왼편으로 오더니 함께 걷기 시작했다.

"정말 계속 일할 거야?"

그리아가 내 얼굴을 힐끔 쳐다보며 물었다.

"해 볼까 해요."

저녁놀을 바라보며 대답했다.

"내가 억지로 이상한 곳에 데리고 간 건 아닌가 걱정이 돼서……."

"그렇지 않아요."

나는 딱 잘라 말했다.

"저요. 한 달 전쯤에 인생의 밑바닥을 경험했어요. 그래서 이제는 잃을 것이 아무것도 없어요. 그것에서 벗어날 수 있다면 뭐든 하고 싶어요. 게다가."

나는 입을 다물었다.

"게다가?"

그리아가 반복했다.

"오늘 젖을 물릴 때 왠지 나쁘지 않다는 생각이 들었어요. 나도 누군가에게 도움이 되는 일을 할 수 있으니 이런 것도 좋지 않을까 생각했어요."

"그렇다면 다행이지만."

그리아가 말했다. 그리고 내가 오늘 처음 상대했던 남학생에 대해 얘기해 주었다.

"그 애, 학교에서 전교회장이래."

"정말요? 확실히 얼굴도 잘생겼고 교복도 잘 입은 걸 보면 여자아이들에게 인기도 많을 것 같은데 왜 이런 곳에 왔는지 이상하다고 생각했어요."

"우리 아들하고 같은 학년이야. 어렸을 때 엄마가 집을 나갔어. 아버지가 아직 갓난아이였던 그 애를 보육원에 맡기고 일하면서 남자 혼자서 열심히 애를 키웠지. 그런데 아무리 해도 분유를 먹지 않았어. 내가 대신 먹여 보겠다고 해서 어릴 때부터 그곳에 다녔지. 평소에는 괜찮은 녀석인데 역시 엄마 품이 그리운지 가끔 그렇게 찾아 와."

아이를 버리고 도망갈 거라면 나에게 주었으면 좋았을 것을. 나는 말도 안 되는 생각에 빠졌다.

"별 사람들이 다 찾아오는데, 보면 다들 사연이 있어."

마침 어제 우리가 만났던 벤치 옆을 지났다.

"고마웠어요." 내가 말을 꺼냈다.

"모르는 것이 있으면 언제든지 얘기해."

그리아가 밝게 말한 뒤 덧붙였다.

"나 이제 어린이집에 딸을 데리러 가야해서 먼저 갈게."

그녀가 자전거 페달에 다리를 걸쳤다.

"안녕히 가세요."

나는 그리아의 포근한 등을 보며 인사했다. 그녀는 한 손으로 운전대를 잡고 다른 한 손을 휙휙 흔들었다.

저녁놀이 잠든 하늘에 어스름한 기운이 찾아들었다.

"고."

하늘을 보며 아이의 이름을 살며시 불러 보았다.

나는 모유의 숲에 조금씩 익숙해졌다.

처음에는 긴장한 탓에 온몸이 경직됐지만 점차 어깨의 힘을 빼는 요령을 터득해 편안하게 집중할 수 있었다. 그러자 상대도 그것을 느끼는지 만족하는 데 처음보다 짧은 시간이 걸렸다. 살짝 모순된 생각이지만 나는 젖을 잘 물리게 되면서 조금이라도 좋으니 좀 더 이대로 있었으면 하고 바라기까지 했다.

그리고 젖을 물릴 때마다 고를 떠올렸다.

저녁 무렵 열어둔 창으로 저녁놀이 보였다. 순간, 내가 누구인지도 잊었다. 기분 좋은 파도에 몸을 맡기고 다시없을 평화로운 망망대해를 손발을 늘어뜨린 채 둥실둥실 떠다녔다.

퍼뜩 정신을 차리고 눈을 뜨니 '어머, 고가 언제 이렇게 컸지?' 하는 생각이 들었다. 모르는 남자가 한순간 고로 변했다.

나는 다시 눈을 꼭 감고 고를 불렀다. 그리고 다시 천천히 눈을 떠서 현실을 받아들였다.

눈앞에 있는 사람은 고등학생 남자아이였다가 회사원이었다가 할아버지가 되었다. 손님 중에는 여자도 있었다. 모두 필사적으로 살아가는 사람들이었다. 절실한 마음으로 나의 유두를 빨았다.

날씨 예보가 크게 어긋나서 저녁부터 소나기가 내리는 날이었다.

번쩍하고 몇 초 후 콰콰광, 나무를 내리찍는 듯한 소리가 나며 천둥이 쳤다. 빌딩 전체가 흔들리는 느낌이 들만큼 비가 세차게 내렸다.

나는 젖을 물리고 있었다. 몇 분 전만 해도 하늘이 맑아서 불도 켜지 않은 채였다. 아직 다섯 시도 되지 않았는데 개인실이 돌연 밤처럼 어두워졌다. 열어 놓은 창문에서 사정없이 비가 들이쳤다. 나는 젖을 물린 채로 한 손을 뻗어 창문을 닫았다.

순간 건너편 아래 빨간 우산이 보였다. 자세히 보니 여자아이였다. 양동이로 물을 퍼붓는 듯한 빗속에서 아이는 때때로 위를 올려다보며 무언가를 열심히 찾고 있었다. 어디선가 본 적이 있는 얼굴이었다. 하지만 누구인지는 떠오르지 않았다.

파란 장화를 신고 손에는 어른용 우산을 하나 쥐고 있다. 누군가를 마중 나온 것일까? 1층 서점에서 비가 그치기를 기다리면 좋으련만 아이는 세차게 내리는 빗속에 그대로 서 있었다.

그때 건물 입구에서 밖으로 뛰어나가는 점장의 모습이 보였다. 어, 하고 생각하는데 점장은 우산을 받아 들지 않고 아이 옆으로 다가가 무언가 말을 했다. 여자아이는 그의 말을 듣고는 발길을 돌려 상점가를 향해 걷기 시작했다. 점장도 다시 건물 안으로 들어왔다.

눈이 부실만큼 강하게 번개가 내리쳤다. 짧은 순간 대낮처럼 환해졌다. 나는 다시 정신을 가다듬고 젖을 물리는 일에 집중했다. 머리숱이 적은 둥근 얼굴의 남자가 소리를 내며 나의 유두를 빨았다. 입가에 흘러넘치는 모유를 가제 손수건으로 살짝 닦아 주었다.

이상하게도 성적인 흥분은 없었다. 그것은 손님도 마찬가지인 것 같았다. 모유의 숲에서는 유두를 깨물거나 아플 정도로 세게 빨거나 혀로 핥는 것은 금지되어 있었다. 그럴 생각이 있는 사람은 그런 곳을 찾아가면 된다는 것이 점장의 지론이어서 모유의 숲에 오는 손님은 대부분 그 점을 이해했다.

이렇게 있으면 나의 몸이 왠지 숲이 된 것처럼 느껴진다. 하염없이 주는 깊은 숲이다. 아, 됐다, 하고 깨달았을 때에는 모든 것이 사라진 후여서 아무리 불러 세우려고 애써도 그럴 수가 없다. 간지러움도 가려움도 없이 그 순간은 진실로 몸도 마음도 사르르 녹아 투명해진다. 나와 손님이 하나가 되는 것이다. 그럴 땐 슬픔 아닌 눈물이 몸 안에서 촉촉이 흘러나왔다.

그날이 바로 그런 날이었다.

젖을 물리는 것이 끝났을 즈음 비가 말끔히 그쳤다. 다시 하늘이 맑게 개었다.

나는 먼 하늘에 선명하게 뜬 한 쌍의 무지개를 발견했다. 높은 지대에 옆으로 길게 늘어선 낡은 아파트를 에워싸듯이 쌍무지개가 만들어졌다. 마을 전체가 물로 깨끗이 씻어낸 듯 반짝반짝 빛났다.

나는 길을 걸어가는 모든 사람들에게 쌍무지개가 떴다고 큰 소리로 알리고 싶었다. 이렇게 선명하게 보이는데 보는 사람이 거의 없는 것 같아 안달이 났다.

"밖에 나가면 하늘을 한 번 보세요."

모유를 먹던 손님이 개인실을 나갈 때 내가 말했다. 손님은 눈이 가려진 채 아무런 대답도 하지 않았다. 하지만 왔을 때보다 조금 밝은 표정이었다. 나는 조금 기쁜 마음으로 대기실에 돌아가서 다시 무지개를 찾았지만 이미 무지개는 사라지고 없었다.

아주 짧은 순간이었다. 나는 눈을 감고 무지개를 떠올렸다.

오랜만에 그리아와 함께 집에 돌아가는 길이었다. 이런저런 얘기를 나누다가 그리아에게 넌지시 물었다.

"점장님께 따님이 있나요?"

"딸? 들은 적 없는데. 왜?"

"오늘 비가 왔을 때 점장님이 밖에서 기다리는 여자아이와 서로 아는 사이인 것처럼 말을 해서요."

"아, 그 애. 히마와리의 딸이야."

"히마와리?"

나는 처음 듣는 이름을 그리아를 따라 앵무새처럼 반복했다.

"응. 아직 히마와리하고 만난 적 없었나?"

"누군데요?"

"왜, 있잖아. 마르고 손목에 이렇게 가득."

그리아의 설명이 채 끝나기도 전에 누군지 알아챘다.

"손목을 그은 자국이 많던 사람."

나는 차분한 목소리로 천천히 말했다. 기억은 희미했지만 내가 모유의 숲에서 일한 첫날, 내게 과자를 준 사람이라고 추측했다.

"히마와리는 혼자서 애를 키우는데 딸에게는 모유의 숲에서 일하는 걸 숨기고 우리 아래층에 있는 부동산에서 일한다고 해뒀어. 그래서 가끔 비가 오면 그렇게 엄마를 데리러 와. 히마와리가 아직 일하는 중이면 점장님이 가서 일이 늦게 끝나니까 먼저 집에 가라고 하는 거지."

"그 사람 이름이 히마와리였군요."

"내가 가장 오래되긴 했지만 히마와리도 초기부터 일했어. 아마 사쿠라하고 비슷한 나이일걸?"

그녀의 얼굴을 떠올려 봤지만 아무리 해도 히마와리(해바라기)라는 가명과는 어울리지 않는 느낌이었다. 표정도 잘 생각이 나지 않았다.

"그렇군요."

나는 멀거니 하늘을 올려다보며 대답했다. 별이 하나둘 뜨기 시작했다.

"어머나, 시간이 벌써 이렇게 되다니. 나는 애 데리러 가야겠다."

그리아는 갑자기 엄마의 얼굴을 하고 허둥댔다.

"그럼 내일 봐요."

나는 그리아의 커다란 등에 대고 인사하며 어둠 속으로 사라지는 그녀를 배웅했다.

정신을 차리고 보니 계절은 이미 늦가을에 접어들었다. 이제 슬슬 스웨터와 머플러를 꺼내야 할 시기가 왔다. 포플러 가로수 잎사귀가 조금씩 물들기 시작한다. 어느 여름날에 고를 묻은 채 계절은 담담하게 앞으로 나아가고 있다.

그날은 낮 최고 기온이 35도를 넘어섰다. 고는 에어컨을 켜면 즉각 울음을 터뜨리는 아기였다. 나는 땀으로 범벅이 되면서도 창문을 활짝 열고 고에게 젖을 물리고 있었다.

고는 거의 한 시간에 한 번씩 젖을 찾았다. 밤중에도 같은 간격으로 먹으려 들어서 나는 만성 수면부족에 시달렸다. 평소

쉴 때는 선풍기를 틀지 않았지만 꾸벅꾸벅 졸다가 그만 선풍기 끄는 것을 잊어버렸다. 나는 고와 함께 이불 위에 누워서 그대로 잠이 들었다. 남편은 야근 중이어서 아직 돌아오지 않은 상태였다.

보통 때면 항상 자다 깨서 울곤 했는데 고는 그날따라 잠에 빠져 있었다. 나는 오랜만에 푹 쉴 수 있었다. 마음속으로 '우리 착한 아기'라고 칭찬해 주었다.

새벽녘에 남편이 돌아와 우리를 발견했을 때 고는 이미 숨을 쉬지 않았다. 무슨 일이 일어난 것인지 전혀 감을 잡을 수 없었다. 놀라서 구급차를 부른 것까지는 기억하지만 정신을 차렸을 때는 고의 유골이 작은 단지에 담겨 있었다.

나는 그때 계속해서 용서를 빌었다고 한다. 마치 그 말밖에 할 줄 모르는 매미처럼 끊임없이 용서를 빌었다. 남편과 부모님, 시부모님, 그리고 고에게 끊임없이.

무엇이 문제였을까. 계속 그 생각만 했다.

내 잘못이 아니라고 생각하면 생각할수록 오히려 마음은 점점 무거워졌다. 주변 사람들이 위로하면 할수록 허전함이 밀려들었다.

나는 잠드는 것이 두려웠다.

언제나 반쯤 정신이 나간 상태로 자는 둥 마는 둥 했다.

인공하천에 살얼음이 얼었다.

산책로의 포플러 가로수는 잎사귀를 완전히 떨구고 앙상한 가지만 남았다. 발밑에는 노란 카펫이 깔렸다. 고의 손을 잡고 걷고 싶었던 노란 카펫을, 나는 코트 자락을 여미고 하얀 입김을 뿜으며 혼자서 걷고 있다.

모유의 숲의 문을 여는 순간만이 나를 진정한 위안의 세계로 이끌어 주었다.

12월 24일.

마을은 크리스마스 분위기로 북적였다.

평소대로 낮에 모유의 숲으로 가자 점장이 "오늘은 특별한 날이니까."라면서 모두에게 꼬치구이를 나눠 주었다. 그날은 내가 처음 젖을 물렸던 고등학생이 다시 찾아왔다.

저녁에 일을 끝내고 집에 돌아가자 현관 조명이 켜져 있었다. 이상하게 생각하며 문을 열고 들어가자 남편이 먼저 와서 집에 난방을 켜둔 채였다. 거실 한쪽에 크리스마스트리가 놓여 있었다. 작년에 고를 위해 둘이 마트에 가서 사온 것이었다. 나무에는 하얀 솜과 장식품들이 걸려 있고 빨갛고 노랗고 파란 불빛들이 반짝반짝 빛났다.

"왔어?"

남편은 밝게 말했다.

테이블 위에는 백화점 지하에서 사 온 통닭구이와 파테(파이 크러스트에 소를 채워 오븐에 구운 프랑스 전통 요리-옮긴이), 샐러드

등이 있었다. 오늘은 우리의 결혼기념일이었다. 절대 잊지 말자고 크리스마스이브를 골랐다. 바로 2년 전에 우리는 호적을 올리고 부부가 되었다.

"이게 뭐야?"

내가 생각해도 무뚝뚝한 대답이었다. 그날 이후 남편과 각방을 쓰며 접촉을 피해왔다.

"크리스마스니까. 결혼기념일이기도 하고."

남편은 자신 없는 목소리로 중얼거렸다.

"냉장고에 크리스마스 케이크도 있어."

그 말을 듣는 순간 피로가 몰려와 소파에 털썩 주저앉았다.

"왜 그러는 거야……."

커다란 감정 덩어리가 가슴 속에서 솟구쳤다.

"왜 그러다니?"

남편이 어리둥절한 표정으로 나를 보았다.

"그러니까 왜 크리스마스트리 같은 게 필요하냐고 묻고 있잖아!"

남편은 고개 숙인 채로 아무 말도 하지 않았다.

"고가 없는데 이런 게 있다고 즐거울 것 같아?"

나는 온몸에 힘을 주고 소리를 질렀다.

잠시 침묵이 흐른 뒤 남편이 대답했다.

"고가 기뻐할 거라고 생각해서……."

그리고 작은 목소리로 "미안해."라고 덧붙였다.

"나 잘 거야."

나는 자리에서 일어섰다.

"잠깐 기다려."

남편이 앞을 막아서자 나는 단호하게 말했다.

"이제 정말 지쳤어. 당신하고 이렇게 같이 사는 거, 더 이상은 무리야."

"그게 무슨……."

남편은 말을 하다가 어깨를 털썩 내려뜨렸다.

"우리 헤어져."

이미 오래 전부터 생각해 왔다. 말할 기회가 없어 그저 시간만 보낸 것이다. 오늘이 좋은 기회인지도 몰랐다.

"어째서 행복해지려고 노력하지 않는 거야?"

남편의 얼굴이 시뻘겋게 달아올랐다.

"그러면 당신은 어떻게 하면 행복할 수 있다고 생각하는데? 나는 이제 다 잊어버렸어. 내가 지금까지 어떤 순간에 웃었는지, 어떻게 사람들과 얘기를 나눴는지, 어떻게 밥을 맛있게 먹었는지, 아무리 해도 기억나지 않아. 뉴스에서 무슨 불행한 사고를 보면 전혀 관계가 없는데도 내가 잘못한 건 아닌지 생각해. 트럭이 굴러도, 아이가 교통사고를 당해도, 누군가 산에서 조난을 당해도, 전부 내 잘못인 것 같다고. 바보 같은 소리라고 생각하겠지. 하지만 정말 그래. 매일매일 고가 왜 그런 일을 당했는지 생각하는데, 아무리 생각해도 답이 나오지 않아. 그래서 잠도 잘 수 없고 이제 사는 것도 진저리가 나는데, 아무도 나를 죽여주지 않는다고!"

"누구도, 어느 누구의 잘못도 아냐."

남편은 작은 목소리로 쥐어짜듯 그렇게 말했다.

"고는 고대로 열심히 살았어. 그건 그냥 돌연사야. 의사도 그렇게 말했잖아. 어느 누구도 요시코 잘못이라고 하지 않아."

"하지만 모두 나를 그런 눈으로 보고 있다고!"

"모두라니, 누가?"

"모두라고, 모두!"

나는 소리쳤다. 그리고 아이처럼 마구 소리 내어 울었다. 거실 한쪽에서 크리스마스트리 불빛이 반짝였다. 2년 전, 앞으로 이런 일이 있을 거라고 누가 상상이나 했을까.

남편이 나를 조용히 껴안았다. 그의 체취를 오랜만에 맡았다.

나는 남편에게 모유의 숲에서 일한다고 털어놓았다. 헤어져도 경제적으로 괜찮다는 얘기였다. 나의 결심은 바뀌지 않았다.

우리는 마주 앉아 남편이 사온 음식들을 말 없이 먹었다. 역시 맛이 없었다. 점장이 만들어 준 우동은 거부감이 없었는데 다른 음식들은 마치 껍질에 가시가 돋은 것처럼 잘 욱여넣지 않으면 삼키기 어려웠다.

나는 어찌됐든 억지로 입에 넣었다. 남편은 그런 나를 그저 물끄러미 바라보았다. 식사가 끝나고 남편이 따뜻한 홍차를 준비하는 동안 왼손 약지에 끼고 있던 결혼반지를 테이블 아래에 살며시 빼 놓았다.

해가 바뀌었다.

나는 다시 모유의 숲에 다니기 시작했다.

그리아는 해가 바뀌고 며칠이 지나도록 출근하지 않았다. 나와 거의 같은 시간대에 일을 했기에 걱정스런 마음에 점장에게 물었다.

“그리아 씨에게 무슨 일이 있나요?”

“작은 아이가 인플루엔자에 걸렸다나 봐.”

점장이 아무렇지 않게 대답했다.

“그리아는 애가 많아서 큰일이지.”

“몇 명인데요?”

“다섯이야. 어머나, 사쿠라는 몰랐구나. 그리아 남편은 술을 마시면 그리아를 두드려 패. 헤어지라고 몇 번이나 얘기했지만 그렇게 간단히 되지는 않나 보지. 남녀 사이란 게 복잡하잖아. 임신하고 또 맞아서 몇 번이나 유산했는지 몰라. 하지만 그놈의 정 때문인지 헤어지지 못하고 사나 봐. 어머나? 나 또 이렇게 다 지껄여 놔서 그리아가 화내겠다.”

점장은 말을 마치고 여고생처럼 혀를 날름 내밀었다.

“맞는다고요?”

내 남편은 한 번도 내게 손을 든 적이 없었다.

“그리아도 쉬고 히마와리도 작년에 졸업했으니 또 새로운

멤버를 찾아야 하는데."

"네에? 히마와리 씨 졸업했어요?"

"어머, 몰랐어? 그 애도 아이를 낳고 나서 십 년 동안 여기서 일했는데 이제 그만하겠다고 하더라고. 오키나와에서 강간 당했었어. 하지만 그 애를 낳아서 키웠지."

"점장님은 그 아이를 잘 아시죠?"

"잘 아는 정도가 아니라 친해. 아주 친하지. 난 그 아이를 아주 좋아해. 최악의 상황에서 태어났지만 정말 햇살처럼 밝고 예쁜 아이야."

점장의 눈빛이 반짝였다.

"그래서 히마와리 씨는 이제부터 어떻게 살아갈 생각인 거예요?"

사실은 그리아에게서 그 이름을 듣는 순간부터 계속 그녀가 신경 쓰였다. 언젠가 이야기를 나눠보고 싶다고 생각했는데 이제 그 기회가 사라져 버렸다.

"여기 아래 부동산 있지? 올해부터 그곳에서 일을 하게 되었대."

"그래요? 그러면 다시 만날 수도 있겠네요."

"그렇지. 그런데 사쿠라, 히마와리하고 그렇게 친했어?"

"아뇨. 제대로 얘기해 본 적은 없어요. 하지만 처음 여기 왔을 때 친절하게 대해 줬거든요."

"어머, 그랬구나. 히마와리는 말도 없고 좀 어두운 편인데 그런 면이 또 있었네. 그러니까 그렇게 아이를 잘 키워냈겠지."

점장은 자랑스럽게 말하며 덧붙였다.

"지금 모유의 숲에 일손이 부족해져서 일이 좀 벅찰 수도 있으니 열심히 해 줘."

"열심히 할게요!"

나는 힘차게 대답했다. 이곳에 있는 것이 유일한 낙이니 나도 그 은혜를 갚고 싶다고 생각했다.

나는 더 열심히 일했다.

하지만 유방은 점점 탄력을 잃고 시들어 갔다. 고를 위해 몸이 만들어 내던 모유는 누군가의 피와 살로 변했다. 이렇게 부풀어 있지만 이제 유두를 쭉 짜지 않으면 젖이 나오지 않게 되었다.

수유를 마치고 대기실에 가자 점장이 말했다.

"사쿠라, 슬슬 졸업해야지?"

나는 놀라서 그를 쳐다보았다.

"뭐, 다니고 싶으면 할머니가 될 때까지 와도 돼. 그런데 말이야."

점장이 말을 멈추더니 커튼을 조금 젖히고 아래를 보았다. 그곳에 나를 데리러 온 남편이 보였다. 남편이 어떻게 안 것인지 해가 바뀌고 나서는 내가 일이 끝나는 시간에 맞춰 이곳으로 마중을 나왔다. 하지만 3층까지 올라온 적은 없었다. 어떤 일을 하는 줄 알면서도 막지 않았다. 다만 1층에 있는 서점 앞에서 내가 내려오기를 기다릴 뿐이었다.

3월이 되자 따스한 기운이 땅에서 살금살금 올라왔다. 한겨울에 비하면 해도 길어졌다. 개인실 창문에서 보이는 벚꽃 나무도 가지 끝에 꽃망울을 맺었다.

나는 1층에 우두커니 서 있는 남편의 모습을 3층에서 내려다보았다. 정수리 부근의 가마를 보고 고의 머리도 꼭 닮았었다는 사실이 떠올랐다. 서로 사랑해서 어렵게 얻은 생명이었다.

점장이 창문을 통해 아래를 바라보는 내 옆으로 다가와 부드러운 목소리로 말했다.

"사쿠라, 여긴 누가 더 슬픈지 재 보는 곳이 아니야.

이곳은 말이야, 살다가 지친 사람들이 와서 치유하고 다시 태어나는 곳이라고.

대단한 남편 아냐? 자기가 버리면 내가 주워서 쓸 거야."

그리고 나의 어깨를 말없이 꼭 껴안아 주었다.

졸업하기로 한 날, 숲의 문을 조용히 열었다.

여자들의 유방에서 나는 따스하고 온화한 냄새가 났다. 모서리 없이 모든 것을 감싸 안는 부드러운 냄새. 졸업이라는 것은 점장이 만든 의식이었다. 일을 마치는 사람은 여기서 자신이 원하는 가슴을 고를 수 있었다. 그것이 점장과 지금까지 함께 일한 사람들이 주는 작은 '이별 선물'이라고 했다.

나는 많은 가슴들에 둘러싸였다. 분명 그곳은 숲이었다. 똑같은 가슴이지만 모두가 다른 형태와 크기, 유두 색을 지녔다.

내가 고른 것은 그리아의 가슴이었다. 개인실에서 젖을 물릴 때 냄새로 알았다. 그날 공원에서 나에게 맘껏 울 수 있도록 해준 포근한 가슴.

나는 그리아의 가슴에 얼굴을 묻었다. 눈을 감자 점점 몸이 움추러들며 작은 아기로 돌아가는 기분이었다. 그립고 따스한 것이 북받쳐 올랐다. 그리고 나는 뭔가 아주 중요한 것을 떠올렸다. 뭐였지? 그런 생각을 하며 그리아의 유두를 입에 넣은 순간, 비로소 깨달았다.

사람이란 모두 이렇게 괴로움을 맛보기 위해 태어난 것이 아니다. 나도, 고도, 그리아도, 모두 그렇다.

세상에 있는 온갖 멋진 에너지를 받아 해맑게 웃기 위해 사는 것이다.

그렇게 생각하니 한 줄기 눈물이 주르륵 흘러내렸다. 그리고 눈물과 함께 마음속에 응어리처럼 남아 있던 슬픔 덩어리가 밖으로 툭 튀어나왔다.

"이제 다시는 오지 마."

헤어질 때 점장이 한 말이었다.

"어서 와."

남편이 나를 맞아 주었다.

"다녀왔어."

나는 그 짧은 말에 많은 의미를 담아 전했다. 마치 긴 여행에서 돌아온 듯한 심정이었다.

남편이 내민 손을 천천히 감싸 쥐고 걷기 시작했다.

밖은 아직 어스름하게 밝았다. 서쪽 하늘에 가느다란 초승달이 떠 있고, 상점가에는 얼마 전까지 유행했던 가요가 흐르고 있었다.

그리아와 몇 번이고 걸었던 상점가를 남편과 손을 잡고 나란히 걸었다. 이제 입김은 나오지 않는다.

"봄 내음이 나네."

산책로에 들어서 내가 남편에게 말했다.

"응."

남편이 짧게 대답했다. 양쪽에 줄지어 서있는 포플러 나무에도 드문드문 작은 싹이 움터 올랐다. 걷고 있는 동안 주변은 점차 어둑해졌다. 가로등의 새하얀 불빛이 어둠 속에서 둥실 떠올랐다.

"화 안 났어?"

나는 똑바로 앞을 보면서 남편에게 물었다.

"감사하고 있어."

남편은 말했다.

"나하고 고스케를 만나게 해 줘서 요시코에게 매우 감사하고 있어."

"고."

"응."

"귀여운 아이였어."

"응."

"좀 더 같이 있고 싶었는데."

"응."

옆에서 걷던 남편이 울고 있었다. 결코 눈물을 보인 적이 없던 남편이 소리 죽여 조용히 울고 있었다. 나도 덩달아 눈물이 나려고 했다.

작은 하천, 그리아와 만났던 벤치, 물이 끊긴 분수.

"다시 시작하자. 둘이서 다시. 처음부터."

"그래."

이번에는 내가 짧게 대답했다.

이젠 곁에 없는데도 나는 고를 계속 찾아 헤맸다. 먼 곳으로 떠나 다시는 만날 수 없음에 절망했다. 하지만 지금 내 앞에서 빙그레 웃는 남편 속에도 고는 살아있다.

부디 이 슬픔이 슬픈 채로 끝나지 않기를.

나는 간절히 원하는 마음으로 남편의 손을 잡고 집을 향해 걷기 시작했다.

서클 오브 라이프

세상에서 가장, 사랑했다. 완전히 잊고 있었지만.
만약 눈앞에 어린 시절의 내가 있다면
나는 양팔로 꼭 끌어안아 주었을 것이다.

"전채 요리를 가져왔습니다."

마스터가 백포도주에 어울리는 안주를 두세 가지 만들어 가지고 왔다. 이 술집에 들락거린 지 반 년, 아니, 거의 일 년이 되어갈 것이다. 일을 마치고 혼자 들러서 가볍게 식사하기에 딱 좋은 바다. 집에서 걸어서 올 수 있는 위치여서 자주 올 때는 일주일에 서너 번 오기도 했다. 하지만 진짜 이유는 다른 곳에 있다.

"여기서부터 시계 방향으로 닭똥집 콩피(기름이나 설탕에 절여 만든 프랑스의 보존음식－옮긴이)와 버섯 마리네(버섯을 식초나 소금, 샐러드유, 향신료로 만든 양념에 담근 음식－옮긴이), 그리고 오렌지색은 왕연어야. 자, 가에데. 젓가락 여기 있어."

솔직히 말하자면 맛은 그저 그랬다. 그러나 마스터의 이런 서비스가 살벌한 회사 생활에 시달리며 살아가는 내게는 커다란 위안이 된다. 나는 내 이름이 쓰인 젓가락을 받아들고 전채 요리를 먹기 시작했다. 아마도 마사시는 아직 가게에 나오지 않은 것 같았다.

"참, 저 다음 달에 취재차 캐나다에 가요."

왕연어를 입에 넣다가 문득 떠올랐다. 흙냄새가 나는 듯한 맛이 조금 거북스럽기도 하다. 마스터는 계산대 너머에서 열심히 샴페인 잔을 닦고 있었다.

"잘됐네! 언제 가는데? 올해는 백 년에 한 번이라는 엄청난 수의 연어들이 산란하는 걸 볼 수 있다던데."

"다음 달 초쯤일 거예요. 연어가 알을 낳는단 말인가요?"

"그래. 무슨 취재를 하는지는 모르지만 시간이 맞으면 꼭 보고 와."

마스터의 예상외의 반응이 조금 당황스러웠다.

"마스터는 연어를 좋아하나 봐요?"

멍청한 질문이었을지도 모른다. 하지만 마스터는 점점 더 눈동자를 반짝이며 나의 엉뚱한 물음에 착실하게 대답했다.

"좋아하고말고. 학생 시절에 어떤 작가를 쫓아다닌 적이 있어. 그 사람은 이미 죽었지만 말이야. 알래스카에 살면서 동물 사진을 촬영하거나 글을 쓰는 사람이었어. 당시의 나는 완전히 그 사람한테 빠져서 그 사람 따라서 주변의 인디언에 관해서라든지, 나름대로 여러 가지를 조사했었지. 아, 지금은 인디언이라고 하면 차별하는 말이 되나?"

"미국의 원주민이나, 그런 말이 나을지도 모르겠네요."

"하지만 뭐 어때? 인디언이 인디언이지."

마스터의 설명에 따르면 태평양에는 다섯 종류의 연어가 서식하고 있다고 했다. 지금 눈앞에 있는 왕연어를 시작으로 홍연어, 은연어, 핑크연어, 흰연어이다. 연어의 종류에 따라 거슬러 올라오는 시기도 다르다고.

"연어들은 4년에 한 번 태어난 강으로 돌아오지. 동계올림픽이 열리는 것과 동시에. 그래서 나는 겨울에 올림픽이 열리면 나도 모르게 들떠 버려. 그건 정말 장관이거든. 강이 전부 새빨

갛게 물들지."

"그런데 어떻게 자기가 태어난 강으로 되돌아올 수 있는 걸까요?"

나는 연어에 관한 지식이 거의 없다. 아는 것이라고는 이 정도뿐이다.

"그게 말이지, 아무도 모른다네."

마스터가 확신에 찬 듯 단호하게 대답했다.

"자연의 섭리라는 사람들과 대륙횡단 철도를 만들었기 때문이라는 학자도 있지만 아직까지 수수께끼로 남아 있지."

그리고 마스터는 연어가 어떻게 짝을 지어 산란을 하고 죽어 가는지를 자세히 설명해 주었다. 하지만 나에게 연어의 산란이라는 것은 그렇게 와 닿지 않았다. 마스터가 들려주는 구구한 설명도 한쪽 귀로 듣고 한쪽 귀로 흘려 버렸다. 사실은 캐나다에 가는 것 자체가 귀찮았다.

마스터가 연어에 관해 열심히 설명하는 동안 마사시가 왔다. 내가 손님으로서 이 가게에 다니다가 가끔 이야기를 나누게 되었고, 어느 날 근처 공원에서 우연히 만나 산책을 하게 된 이래로 친해졌다. 뭐랄까, 마사시에게는 끈적끈적한 남자의 체취가 전혀 없었고 처음부터 마치 오래 전부터 알고 지낸 동성의 소꿉친구처럼 편안했다. 어느새 서로의 집에 들락거리면서 차를 마시고 DVD를 빌려 와서 함께 영화를 관람하는 사이가 되었다.

순간 마사시와 눈이 마주쳤다. 마스터에게는 우리가 사귀게 되었다는 사실을 알리지 않았다. 아르바이트를 하는 신입직원인 마사시와 스스럼없이 대화를 나누는 것이 금지되어있기 때문이었다.

접시에 남은 마지막 왕연어 한 조각을 입에 넣고 천천히 음미했다. 연어가 아무리 신비롭다 해도 역시 이 진흙 같은 맛에는 익숙해지지 않는다.

"다음 달에 캐나다에 가게 됐어요."

옷을 갈아입고 카운터에 들어선 마사시에게 어색한 존댓말을 했다. 마사시는 아무 말 없이 눈짓을 하더니 빈 접시를 치웠다. 겨우 며칠이지만 마사시와 떨어져 지낼 생각을 하니 안타까운 마음이 가득했다.

10월이 되자 나는 캐나다로 떠났다. 열 시간 가까운 비행 끝에 밴쿠버 공항에 도착했다. 몸속이 진흙으로 가득 찬 것처럼 녹초가 되었다.

거의 아무 것도 묻지 않았던 유럽의 입국심사와는 다르게 캐나다 입국장에서는 질문이 쇄도했다. 무슨 이유로 왔는지, 직업은 무엇인지, 어디에서 머무를 예정인지, 여성 담당관이 강한 어조로 연달아 물었다. 상사의 아는 사람의 아는 사람이 예전에 캐나다에 입국했을 때 사업차 왔던 것을 관광을 하러 왔다고 잘못 대답하는 바람에 강제송환을 당했다고 들었다. 캐나다는 거짓에 관해서는 무거운 벌을 가한다. 그래서 나는 익숙하지 않은 영어지만 되도록 솔직하게 대답했다.

다만 캐나다에 처음 왔느냐고 했을 때는 웃는 얼굴로 '예스'라고 말했다. 거짓말은 대담하게 해야 들키지 않는다. 덕분에 무사히 입국심사장을 통과했다. 그것만으로도 이미 큰일을 한 가지 치른 기분이었다.

짐을 기다리는 동안 휴대전화 설정을 해외 모드로 전환했다. 얼마 지나지 않아 두 통의 메일이 도착했다. 하나는 회사의 상사가 보낸 것이었고 다른 하나는 마사시한테서 온 것이었다. 하지만 바로 열어 볼 기분은 나지 않았다. 기내에서 한숨도 못 자고 작은 화면으로 영화를 계속 본 탓에 눈앞이 침침했다. 어서 누워서 쉬고 싶었다.

두 개의 슈트케이스는 아무리 기다려도 나오지 않았다. 턴테이블 주변에서 교복을 입은 여고생들이 재잘거리고 있다. 갑갑한 자리에 줄곧 구겨져 있었는데 어쩜 저렇게 환한 표정을 지을 수 있을까. 저 아이들의 시선에 나는 어떤 어른으로 보일까. 어쩌면 저 학생들의 어머니와 나이차가 그렇게 많이 나지 않을지도 모른다. 인솔하는 교사도 나보다 젊어 보였다.

커다란 슈트케이스는 비교적 빨리 나왔지만 다른 하나는 시간이 오래 걸렸다. 그러게 그걸 왜 가지고 왔을까. 나도 이해가 되지 않았다. 거기엔 여행에 필요한 것은 하나도 들어있지 않아서 이대로 물건을 찾지 않고 그냥 가 버려도 곤란할 일은 없었다. 이럴 바엔 우주에 던져진 쓰레기처럼 어느 나라 구석에 있는 이름 모를 공항에 도착해 영원히 내 손에서 벗어나 버리면 좋겠는데. 그대로 완전히 썩어 버리는 것도 좋겠다.

그런 생각에 골몰하는 중에 검은 장막 같은 칸막이 안에서 낯익은 슈트케이스가 나타났다. 꽃무늬 천은 마구 흐트러져 전체적으로 너덜너덜했고 바퀴도 부서져 여기저기에 포장 테이프가 붙어 있다. 이런 슈트케이스는 요즘엔 아무도 쓰지 않는다. 만지는 것도 싫겠지. 나도 눈으로 보기만 해도 기운이 빠지니까.

아무도 잘못 보고 손을 대는 일도 없어서 슈트케이스는 분실 위험 없이 내 앞에 도착했다. 가까이 다가가는 나를 보고 옆에 서 있던 백인 남성이 슬쩍 뒤로 물러섰다. 노골적으로 싫어하는 태도는 아니지만 되도록 거리를 두고 내 주변의 공기를 마시는 것조차 꺼려하는 분위기가 느껴졌다. 호흡을 멈추고 숨을 쉬지 않으려고 애쓰고 있는 것이 틀림없었다.

기능성이 떨어진 슈트케이스는 무거워서 옮기기도 힘들었다. 진흙 속에서 타이어를 끌고 걸어가는 느낌이었다. 오랜 시간이 천에서 풀린 올 주변에 무거운 곰팡이처럼 들러붙어 있는 것처럼 보였다. 바닥을 굴러가면서 연신 덜컥덜컥 이상한 소리를 냈다.

오른손에는 검은색의 새 슈트케이스를, 왼손에는 꽃무늬의 낡은 슈트케이스를 끌면서 공항 밖으로 나왔다. 모든 비행기가 착륙하고 두 시간이나 지났다. 배가 고팠지만 어느 나라에나 있는 스타벅스에 들어가고 싶지는 않았다.

공항에서 시내로 향하는 전철 안에서 등에 맨 가방을 뒤져 간신히 자료를 꺼내 펼쳐 들었다. 사실은 비행기 안에서 읽을 작정이었지만 갑갑한 기내에서 글자를 읽을 기분이 나지 않았다. 점심이 지나 나리타 공항을 출발했는데도 시차로 인해 이곳은 아직 같은 날 오전이었다. 창밖에서 강한 햇살이 가차 없이 쏟아져 들어왔다.

오늘이라는 시간을 아침으로 되돌려 다시 보내야 하는 것에 진저리가 쳐졌다. 해 봐야 계속 지기만 하는 게임으로 벌을 받는 기분도 들었다. 게다가 10월에 들어서 추워질 것을 염려해 두꺼운 옷을 입고 온 탓에 긴소매 플란넬 셔츠 안의 등에서 땀이 쏟아져 끈끈한 습기를 뿜어냈다.

상사로부터 캐나다로 출장을 가라는 지시를 받은 것은 6개월 전이었다. 캐나다라는 말을 듣는 순간 뭔가 아픈 곳을 찔린 느낌이었다. 나는 대기업 편집 프로덕션에서 일하고 있다. 이번에도 세계의 환경도시를 정리한 관광가이드를 만들게 되었다. 나는 유럽 담당이었지만 북미 담당자가 산후 휴가로 자리를 비워서 갑작스럽게 캐나다 취재를 맡게 되었다. 주로 밴쿠버의 맛집을 살펴보라는 지시를 받았다.

상사는 물론 나와 캐나다의 관계에 대해서는 조금도 알지 못한다. 그런데도 나에게 캐나다에 가라니, 당황하지 않을 수 없었다. 캐나다는 물론 북미 자체와도 줄곧 거리를 두었다. 적당한 이유를 들어서 다른 사람에게 일을 주고 별개의 일을 해 왔던 것이다. 그래 놓고 나는 상사의 제안을 받아들였다. 역시 일이란 타이밍이 중요하다. 문득 이곳에 와 볼 생각이 든 것은 이미 그 여자가 이 세상에서 사라져 버렸기 때문이었다.

"이번에 캐나다로 출장을 가게 됐어."

이 소식을 전했을 때 하루코 이모의 놀란 목소리를 잊을 수가 없다.

"뭐라고? 정말 거기 가도 괜찮아?"

하루코 이모는 제일 먼저 나를 걱정하며 큰 소리로 물었다.

"응, 일이니까 어쩔 수 없지 뭐. 그리고 이젠 그 사람도 이 세상에 없고."

나는 아마도 괜찮을 것 같다고 스스로를 다독이며 하루코 이모에게 말했다.

내가 태어난 곳에 가보고 싶다는 생각도 약간은 있었다. 왜 그런 생각이 들었는지는 나도 알 수 없었다.

하지만 밴쿠버에 있는 세계 각국의 레스토랑은 상당히 흥미 깊은 대상이었다. 캐나다는 이민국이어서 중심지인 밴쿠버에는 세계 여러 나라의 음식이 모여 있다. 아직은 그렇게 주목을 받지 못하고 있지만 밴쿠버는 미식의 도시이다.

조금 전까지 비어 있던 전철 안이 이내 사람들로 가득 찼다. 뭔가 분위기가 다르다는 생각이 들 때쯤 전철은 어느새 지하를 달리고 있었다. 그 안에는 다양한 인종의 사람들이 있었다. 같은 아시아 사람들은 태국인인지 중국인인지 한국인인지 일본인인지 전혀 구분이 되지 않았다.

조금이라도 공간을 확보하려고 슈트케이스를 내 옆으로 끌어왔다. 꽃무늬 가방에서 살짝 쉰내 같은 곰팡이 냄새가 나서 나도 모르게 얼굴을 돌렸다. 어쩌자고 이런 것을 가지고 왔을까 후회하다가 반드시 캐나다에서 처분하고 돌아가리라고 다시금 마음을 정리했다.

종점에서 내려 택시를 타고 호텔로 향했다. 내가 캐나다에 온 것은 분명 처음은 아니다. 캐나다에서 태어났으니까. 희미한 기억을 거슬러 올라가면 나의 인생은 이 땅으로 되돌아온다. 당연한 일이지만 낯익은 그리운 광경 따위는 어디에도 없었다. 이곳은 마치 가까운 미래의 도시 같다. 반짝거리며 유리창을 반사시키는 고층 빌딩이 위에서 뚝 떨어뜨려 놓은 못처럼 도처에 우뚝 서있었다. 한창 발전하는 단계인지 아직 건설 중인 빌딩도 많았다. 동계 올림픽이 개최된 지 얼마 지나지 않아 아직 올림픽 열기에 취해 있는 것인지도 모른다. 어딘가 퇴폐적인 분위기가 떠도는 유럽의 거리와는 다르게 밴쿠버는 생기발랄한 활기가 흘러넘쳤다.

호텔에 도착하고 보니 기본요금밖에 나오지 않았다. 이 정도 거리인 줄 알았다면 걸어올 수 있었겠지만 비탈길이 많아 슈트케이스를 두 개나 끌면서 걷기에는 역시 무리였을 것이다. 팁은 얼마를 내야 하는지 몰라서 미터기에 표시된 금액만 지불하고 내렸다. 트렁크에서 슈트케이스를 꺼내는 아시아계 운전사가 무뚝뚝한 표정을 하는 것은 팁을 주지 않아서일까. 아니면 꽃무늬 슈트케이스를 만지는 것이 싫어서일까.

숙소는 콘도미니엄 식의 방을 하나 잡았다. 나흘 이상의 출장은 대부분 이런 종류의 방을 이용한다. 저녁식사는 레스토랑에서 하더라도 아침이나 점심은 가볍게 알아서 해결할 수도 있고 근처의 농산물직판장 같은 곳에서 식재료를 구입해서 맛볼 수도 있다.

방은 고층 빌딩의 13층에 있는 흰색과 검은색의 가구로 통일된 청결한 곳이었다. 한 면이 전부 창으로 되어 있어서 해안의 만(灣)이 작게 보였다. 환기를 시키려고 테라스 창을 조금 열었다. 여기서 떨어지면 틀림없이 즉사하겠지. 너무 높아 보여서 테라스 끝까지 갈 용기가 나지 않았다. 그런데도 바로 앞에 마주 보고 서 있는 고층 맨션에서는 나보다 훨씬 높은 층에 있는 사람이 테라스에 의자를 내놓고 컴퓨터를 만지작대고 있었다. 작은 물건 하나만 떨어뜨려도 운이 나쁘면 아래에 걸어가는 사람이 맞아 크게 다치거나 죽을지도 모른다. 두려운 마음에 테라스 근처에서 슬며시 뒷걸음질을 쳤다.

전망이 좋은 거실 외에도 킹사이즈의 침대가 있는 침실이 있고 목욕탕에는 욕조도 있었다. 이곳을 혼자서 차지하는 것은 엄청난 사치였다. 자세히 보니 내가 살고 있는 집보다 넓은 것 같기도 했다. 거실로 돌아와 냉장고를 열자 전에 숙박했던 손님이 놓고 간 것인지 쓰다만 마요네즈와 잼, 원두커피가 있었다. 식기장에도 간단하지만 나름대로 쓸 만한 식기가 정돈되어 있었다.

먼저 샤워를 하기로 했다. 따뜻한 물을 받아서 욕조에 몸을 담그면 그대로 잠이 들 것 같아서 간단히 샤워만 했다. 따뜻한 물의 수압도 온도도 더할 나위 없었다. 따뜻한 물에 발을 대자 아무 느낌이 없을 만큼 발끝이 차가웠다. 풍선을 부풀려 놓은 것처럼 종아리 아래 부분이 빵빵하게 부어 있었다. 일본에서 가지고 온 내가 좋아하는 비누를 몸에 문질렀다. 현지에서 뭐든지 조달할 수 있지만 비누만은 반드시 계피향이 나는 비누를 가지고 다녔다. 이걸 쓰면 세계 어느 나라를 가도 한결 같은 기분으로 지낼 수 있었다. 쓰던 비누로 머리까지 감고 몸도 전부 닦고 나니 이제야 겨우 상쾌한 기분이 들었다.

이윽고 둔기로 머리를 얻어맞은 것처럼 강한 졸음이 몰려왔다. 반쯤 감긴 눈을 한 채 샤워타월로 몸에 있는 물방울을 대충 닦고 간신히 속옷만 입은 뒤 새하얀 이불 속으로 들어갔다.

웅웅거리는 진동음에 눈을 떴을 때는 주위가 어둑어둑했다. 순간 내가 어디에 와 있는 것인지 판단이 서질 않았다. 아, 그래. 출장으로 캐나다의 밴쿠버에 와 있었지. 침대에서 나와 벗은 몸에 아까 쓰던 샤워타월을 감고 휴대전화를 찾았다. 바닥에 웅크리고 앉아 등에 매고 온 가방 주머니에서 전화를 꺼냈다. 화면에 '하루코 이모'라고 글자가 떠 있었다.

"여보세요?"

한참 만에 내는 목소리는 상당히 가라앉아 있었다.

"잘 도착했니?"

하루코 이모는 정수리에서 울리는 새된 목소리로 물었다. 휴대전화를 귓가에서 조금 떨어뜨려도 목소리가 잘 들릴 정도였다.

"응. 조금 전에 도착해서 쉬고 있었어."

잠을 자다가 기습을 당해서 목소리가 이상했다. 갑자기 일어난 탓인지 시차 때문인지 머리가 욱신욱신했다.

"잘 도착했으면 됐다. 자는 걸 깨운 것 같아 미안하네. 조금 전에 오후 뉴스를 보는데 캐나다에서 산불이 났다고 하기에."

"캐나다 어디에서?"

내가 묻자 하루코 이모는 전혀 들어본 적 없는 이름을 알려주었다.

"괜찮아. 여기서 먼 데야."

하루코 이모가 더 이상 걱정하지 않도록 그곳이 어디인지도 모르면서 적당히 대답했다. 캐나다의 면적은 일본보다 몇 배는 넓다. 차원이 다른 규모였다.

"옛날 일에 대해 뭔가 알게 되면 연락할게."

하루코 이모는 마치 전화의 중요한 용건이라도 되는 듯이 덧붙였다.

"고마워. 나도 무슨 일 있으면 전화할게."

아직 잠에서 덜 깬 목소리로 대답하고 전화를 끊었다.

휴대전화의 시각은 오후 1시를 지나고 있었다. 일본을 출발해 거의 만 하루가 지났다는 의미였다. 10월 말까지는 서머 타임이고 일본과의 시차는 열여섯 시간이니 이곳 밴쿠버는 밤 9시 반이었다.

다시 침대로 돌아가 잠들고 싶었다. 하지만 이제 슬슬 이곳의 시간에 적응하지 않으면 내일부터 해야 하는 일에 지장을 줄지도 모른다. 나는 조금 전 꺼내 둔 옷 중에서 적당한 옷을 골라 입었다. 일본에서 입고 온 옷은 드럼세탁기 안에 던져 넣었다. 수납장을 여니 세탁세제도 충분히 남아 있었다.

춥다는 생각이 들어 주위를 살펴보니 창이 열린 채였다. 낮에는 햇볕이 있어서 더웠지만 해가 지면 금방 쌀쌀해진다. 닫힌 창을 통해 아래를 내려다보았다. 좁은 길을 걷고 있는 사람이 있었다. 훽 훑어보니 위험한 느낌은 들지 않았다. 뭐라도 가볍게 먹으러 나가 볼까. 기내식으로 받은 스낵 외에 내가 가진 식량은 아무 것도 없었다. 큰길을 따라서 걸어가면 그렇게 위험한 곳은 없을 것이다.

엘리베이터 안에서 손목시계를 이곳 시간에 맞췄다. 10월 초순 밴쿠버에 부는 바람은 냉동실 문이 열린 것처럼 싸늘했다. 목덜미에 누가 차가운 손을 집어넣은 것 같은 오싹함에 나도 모르게 몸을 부르르 떨었다.

약간 긴장되긴 하지만 나는 아무런 정보도 없이 자신의 감각을 믿고 낯선 길을 찾아다니는 느낌이 그리 싫지 않다. 왔던 길을 떠올려 모퉁이를 돌아 언덕을 올랐다. 만일 길을 잃으면 택시를 타면 그만이었다. 그때를 대비해 콘도미니엄 빌딩의 이름과 주소를 적어서 가지고 있었다.

큰길을 따라 죽 걸어 나오니 그야말로 많이 보던 관광지가 펼쳐졌다. 아마도 밴쿠버 중심부에 있는 주요 도로일 것이다. 누구나 아는 고급 브랜드 상점과 갭, 베네통 같은 젊은이들이 즐겨 입는 패션몰이 즐비했다. 은행과 교회, 지하철역도 있었다. 거리는 호주의 도시와 어딘가 닮은 것 같았다. 밴쿠버의 거리를 걸으며 몇 번이고 시드니나 멜버른을 걷고 있는 듯한 착각에 빠졌다.

애써 찾지 않아도 식당과 술집이 눈에 들어왔다. 중국식당, 이탈리아식당, 패스트푸드점, 고급 레스토랑 등 없는 것이 없었다. 하지만 아직 시차에 적응을 못한 탓인지 거창한 저녁식사를 하고 싶은 기분은 아니었다. 가볍게 배를 채울 수 있으면 그만이었다.

큰길에서 적당히 벗어나자 커다란 슈퍼마켓이 보였다. 여기 오기 전에 회사일로 아는 사람이 가르쳐 준 유기농 전문점이었다. 밴쿠버의 슈퍼마켓은 물건이 굉장히 많았고 이트 인 코너(Eat in corner, 음식을 구입해 가게 안의 자리에서 먹는 것－옮긴이)도 잘 준비되어 있었다. 레스토랑에 가지 않아도 가벼운 식사를 그 자리에서 끝내고 올 수 있다는 말이 떠올라 이끌리듯 안으로 들어갔다. 내가 먹고 싶은 것은 부담스럽지 않은 음식이었다.

사람들이 오가는 것을 볼 수 있는 창가에 자리를 잡고 피타(지중해, 중동 지방의 납작한 빵—옮긴이) 샌드위치를 입안 가득 넣었다. 일본에서는 상상할 수 없을 정도로 일인분이 엄청나게 컸다. 살짝 구운 피타 사이에 잘게 썬 오이와 양상추, 삶은 닭고기가 들어있어서 이 샌드위치 하나로 채소, 고기, 탄수화물을 전부 섭취할 수 있었다. 사실은 디저트까지 먹고 싶었지만 피타 샌드위치를 먹은 것만으로도 너무 배가 불렀다.

종이팩에 든 석류 맛 과일주스 한 모금으로 식사를 마무리했다. 캐나다 돈으로 5달러도 안 된다는 사실에 내심 돈을 번 기분이었다. 소화도 시킬 겸 슈퍼 안에 있는 진열대 사이를 돌아다녔다.

콘플레이크 등의 시리얼 종류가 있는 코너를 구경하면서 무어라 형용할 수 없는 해방감에 휩싸였다. 어째서 이런 기분이 드는 걸까, 생각해 보니 그 슈트케이스를 가지고 오지 않아서라는 걸 깨달았다. 그런 건가. 그래서 아까부터 숨쉬기가 편한 거였구나.

나는 이미 자유로운데. 그날부터 나는 해방되었는데. 곁에 슈트케이스가 있어서 이 사실을 깨닫는 것이 이다지도 늦어졌단 말인가.

해치웠다! 만세! 이렇게 소리 지르며 높이 점프하고 싶은 기분이었다. 돈이 있다면 이 슈퍼마켓을 통째로 사서 일본에 가지고 가고 싶었다.

그러다 문득, 그날 하루코 이모가 전화로 전해 준 소식이 생생하게 떠올랐다. 나와 하루코 이모가 자유로운 몸이 되었다는 고마운 소식이었다.

그때의 하루코 이모도 지금의 나와 같은 기분이었을 것이다.

"이제 겨우 끝났어."

하루코 이모는 수화기 반대편에서 그렇게 말했다.

"끝나다니, 무슨 말이야?"

어렴풋이 짐작은 하고 있었지만 하루코 이모에게서 확실하게 듣고 싶었다.

"네 엄마, 죽었다고 방금 시설 담당자한테서 전화가 왔어."

그렇게 말하는 하루코 이모는 수화기에 대고 킁, 하고 콧바람 소리를 냈다. 그 소리가 결코 슬퍼서 나는 소리가 아니라는 것을 나는 충분히 알고 있었다. 그렇다고 완전히 기뻐서 내는 소리냐면 또 그런 것만도 아니었다. 어쨌든 유일한 혈육이던 하루코 이모와 나는 기나긴 싸움이 끝났다는 것에 마음 깊은 곳에서 안도감을 느꼈다.

완전히 지쳐서 몸도 마음도 너덜너덜한 상태였다. 이 감정을 이해할 수 있는 것은 수억 명이 살고 있는 이 지구상에서 나와 하루코 이모 단 둘뿐이었다.

"장례식은?"

이모가 조심스럽게 물었다.

"그런 거 할 필요 없잖아."라고 대답했다.

"그러네. 우리가 상관할 일이 아니지. 미안하다."

하루코 이모는 안심하는 목소리로 말을 이었다.

"그럼 유골은 어떻게 하지?"

그래도 하루코 이모는 '뼈'라고 하지 않고 '유골'이라고 표현했다. 그것이 바로 이모다운 점이라고 생각했다.

"필요 없어."

나는 퉁명스럽게 대답했다. 이제 와서 어머니의 뼈를 받아서 뭘 할 거라고.

"그쪽 사람들에게 버려 달라고 해."

의사를 분명히 하기 위해 단호한 말투로 덧붙였다.

"그래. 가에데가 괜찮다면 시설 사람들에게 그렇게 전할게. 받아 봐야 보관할 장소도 없고 우리 집안 묘에 들일 수도 없는 노릇이니. 더 이상 남편에게 폐를 끼쳐서도 안 될 것 같고. 그리고 사실은 언니와 같은 묘지에 들어가는 건 내가 제일 사양하고 싶어. 가에데도 그렇지?"

하루코 이모는 다짐을 받듯이 말했다. 같은 부모에게서 태어났는데 어쩜 자매가 이렇게 다를 수 있을까. 영원한 수수께끼였다. 인간에게는 사람을 그 사람답게 만드는 개성이라는 것이 정해져 있다고 밖에 설명할 길이 없었다.

그리고 우리는 한동안 서로의 노고를 치하했다.

나와 하루코 이모는 같은 적을 상대로 함께 목숨 걸고 싸운 동지이고 전우였다. 만일 하루코 이모가 없었다면 나는 이미 이 세상에 없었을 것이다. 간신히 사람의 마음을 지니고 이렇게 평범하게 일을 하면서 살아갈 수 있었던 것도 하루코 이모 덕분이었다.

"참, 그러고 보니."

전화를 끊으려는데 이모가 말을 꺼냈다. 그 말투가 전혀 지금 막 생각난 것 같지 않아서 연기력이 뛰어나지 못한 하루코 이모답다는 생각에 웃음이 나올 뻔했다.

"왜?"

"음."

하루코 이모는 말을 꺼내기가 어려운 듯 머뭇거렸다.

"자기가 죽으면 가에데에게 꼭 전해 달라면서 맡겨 둔 것이 있어."

이모는 딱 한 번뿐이었지만 어머니가 수용되어 있는 시설에 간 적이 있었다. 몇 년 전에 노숙자가 된 어머니를 발견한 것도 하루코 이모였다.

나는 정신을 가다듬고 하루코 이모와 대화를 이어갔다.

"그게 뭔데?"

제멋대로 그런 걸 남기다니, 나는 절대로 받고 싶지 않았다.

하지만 그게 무엇인지는 알고 싶었다.

"여행 가방이야."

하루코 이모가 한숨을 섞어 중얼거렸다.

"내가 길모퉁이에서 발견했을 때도 그걸 끌어안고 있었어."

가족이 노숙자가 됐다는 건 누구라도 기뻐할 일은 아니었지만 나도 하루코 이모도 더 이상 그곳에서 그녀를 구해낼 수가 없었다. 그러기까지 힘든 일이 너무 많았기 때문이다. 그 여자와 관계되는 문제를 해결하는 것은 더 이상 무리였다.

"열쇠하고 같이 주더라."

하루코 이모는 몹시 곤란한 나머지 목소리마저 떨었다.

"지금 그게 어디 있는데?"

하루코 이모가 잘못한 건 하나도 없는데 그만 퉁명스러운 말투가 되어 버렸다. 내게 말하지 말고 그냥 처분해 버렸으면 좋았을 것을. 하루코 이모의 그 성실함이 곤혹스러웠다.

"우리 집 창고에."

하루코 이모의 말끝을 흐리는 버릇 때문에 마지막에는 거의 희미한 숨소리만 들렸다. 그리고 잠시 동안 침묵이 흘렀다. 무거운 납덩이같은 시간이었다.

"알았어. 그럼, 착불로 해서 우리 집으로 부쳐 줘. 평일은 늦게 들어오니까 토요일이나 일요일에 도착하면 좋겠어. 시간은 점심이 지나서면 좋고."

애써 밝은 목소리로 말했다. 더 이상 하루코 이모를 힘들게 해서는 안 된다고 생각했다. 나를 대신해서 하루코 이모가 지금까지 귀찮은 일들을 전부 처리해 주었기 때문이다.

전화를 끊으며 말했다.

"하루코 이모, 고마워."

그 말을 입 밖으로 꺼낸 순간 갑자기 눈물이 쏟아졌다. 어머니가 죽은 사실은 하나도 슬프지 않았는데 여러 가지 생각이 떠오르면서 그저 눈물이 쏟아졌다.

"갑자기 무슨 소리야?"

그렇게 대답하는 하루코 이모의 목소리도 눈물로 축축히 젖어 있었다.

"따지고 보면 우리 엄마가 낳은 거잖니. 어머니를 대신해서 마무리를 한 것뿐이야."

하루코 이모의 그 대단한 책임감에 고개가 저절로 숙여질 지경이었다. 그렇게 말하면 책임을 져야 할 사람은 딸인 나였을지도 모르는데.

대화를 나누었던 그 주 주말에 꽃무늬 슈트케이스와 작은 열쇠가 내 공간으로 찾아들었다. 하지만 안을 들여다보고 싶은 마음은 도저히 들지 않았다. 그대로 버리지도 못했다. 안에 썩은 시체의 일부라도 들어있다면 큰일이라고 생각했다.

그것이 한 달 반쯤 전의 일이었다. 어머니가 죽고 나서 하루코 이모와는 아직 만나지 못했다. 혈육이어서 성가신 일에 계속 말려드는 것에 그만 넌더리가 나서 이모마저 되도록 가까이

하고 싶지 않았다.

해방된 양손을 휙휙 크게 내저으며 걸었다.

밴쿠버의 거리는 지도를 보지 않고도 잘 파악할 수 있다. 처음에 왔던 큰길만 기억해 두면 틀릴 일이 없다. 유럽과는 다르게 묘하게 구부러진 길도 적어서 지독한 길치가 아니면 헤맬 일도 없다. 숙소가 있는 곳을 머리 한쪽에 저장해 두고 왔던 길을 거슬러 갔다.

건물 근처에 있는 편의점에 들어가서 물을 샀다. 이곳 역시 일본과 똑같은 간판을 단 편의점이 있어서 이용하기가 수월했다. 밴쿠버의 수돗물을 그대로 마셔도 괜찮은지는 알 수 없지만 사두는 것이 가장 좋은 방법이라 생각했다. 내일 아침은 근처에 점찍어둔 카페에라도 들어가서 해결할 생각이어서 물만 사기로 했다.

가게에 들어올 때는 몰랐는데 문을 열었더니 누군가 종이컵을 내밀었다.

"머니, 기브 미 머니."

얼빠진 눈으로 그렇게 중얼거린 여자는 노숙자였다. 자세히 보니 편의점 주변에 다른 노숙자들도 어슬렁대고 있었다. 순간 그녀를 어머니로 착각해서 몸이 굳었다. 조금 있으면 겨울인데도 그녀는 맨발로 웅크리고 앉아 있었다.

여기에 있을 리가 없는데 순간 겁을 먹은 내가 싫어졌다.

죽었어.

아직도 그 여자를 떠올리고 두려워하는 스스로에게 말했다. 나는 정말 그 여자가 죽을 때까지 줄곧 두려움에 떨었다. 길을 걷다가도 어딘가에서 마주치지는 않을까, 나를 발견한 그 여자가 내 뒤를 몰래 따라오는 것은 아닐까, 조금 전에 본 그 여자처럼 뭔가를 구걸하기 위해 때에 전 손을 벌리고 오는 것은 아닐까 하고.

출퇴근길이나 주말 쇼핑조차도 두려웠다. 종이박스가 눈에 띄면 슬쩍 고개를 돌렸다. 그런 버릇이 아직 남아 있었다.

그럴 때마다 나는 으레 생각했다. 인간에게는 두 종류가 있다고.

부모의 혜택을 받는 사람과 그렇지 않은 사람.

이 두 종류의 인간들은 평생 서로를 이해하지 못하고 죽을 것이다. 부모의 혜택을 받은 사람들은 나처럼 그렇지 못한 인간의 괴로움이나 갈등, 슬픔 따위를 마음으로 느끼지 못한다. 애석한 일이지만 그렇게 생각했다.

생수가 든 무거운 페트병을 양팔에 하나씩 끼고 방으로 돌아오자 테이블에 놓인 휴대전화가 반짝였다. 마사시가 건 전화의 착신 신호였다. 그와 사귀기 시작한 지는 몇 개월밖에 되지 않았다. 그에게는 물론 그 여자에 대해 말하지 않았다. 노숙자였던 어머니를 둔 사람이라는 사실을 알면 꽁무니를 빼고 도망가 버릴까. 그는 아직 이십 대였다. 나보다 일곱 살이나 적었다. 복잡한 가정환경에서 자란 나와 함께하지 않는 편이 나은 건 당연한 일이다. 깊은 관계가 되기 전에 헤어지자고 머리로는 결심했지만 나도 모르게 점점 깊이 빠져들었다. 이런 밤이면 목소리가 듣고 싶어졌다. 아마도 일하러 가는 도중에 전화를 한 것이었을 테니 내가 다시 전화를 걸 수는 없었다.

다시 샤워를 하고 잠을 자자고 생각했다. 발을 담그려고 욕조에 따뜻한 물을 받았다. 물을 받으면서 휴대전화로 메일을 대충 훑어보았다. 문득 고개를 들자 맞은편 건물의 똑같이 생긴 방에서 휴대전화 화면을 들여다보는 여자가 보였다. 내가 있는 방은 어두컴컴해서 맞은편에서는 보이지 않는 걸까. 여기서 보니 블라인드가 열려 있고 조명이 켜진 방들은 명확하게 들여다보였다. 음식을 만드는 사람, 전화를 거는 사람, 책상에서 뭔가 열심히 하는 사람, 함께 텔레비전을 보는 남녀. 마치 연구실에 쌓인 실험용 쥐가 든 케이지 같았다. 그리고 나도 그런 실험용 쥐 중에 하나였다.

욕조에 라벤더 오일을 몇 방울 떨어뜨리고 발을 천천히 담갔다. 그러자 몸 전체에 피가 돌면서 잠을 잘 수 있을 것 같은 기분이 되었다. 등에서 점점 땀이 솟아났다.

나는 대단히 길고 긴 하루를 보내고 있었다. 뭐가 뭔지 알 수 없는 기분이었다. 눈도 가물가물해졌다. 몸이 따뜻해지자 욕조에서 나와 샤워를 했다. 그러고는 목욕탕을 나와 무너지듯 침대 속으로 기어들어갔다.

"메이플아, 메이플아."

누군가 부르고 있었다.

누구인지 생각해 보니 나를 그렇게 부르는 사람은 그 여자밖에 없었다. 하지만 목소리만 들릴 뿐, 모습은 보이지 않았다.

죽은 사람이 왜 말을 거는 건지 궁금했지만 그 이상은 생각할 수 없었다.

"메이플아, 메이플아."

다시 목소리가 들렸다.

하지만 이번에는 그 여자가 아니었다. 남자의 목소리였다.

나와 호숫가에서 자주 놀아 주던 사람. 팔에 매달리게 해 주거나 목마를 태워 주던 사람.

하지만 이름은 생각나지 않는다. 생각하고 싶지도 않다.

"메이플아, 이쪽으로 와. 같이 소꿉놀이 하면서 놀자."

그 남자가 손짓했다.

"가면 안 돼!"

나는 소리를 지르려 했다. 하지만 몇 번이고 필사적으로 외쳐도 목소리는 나오지 않았다. 어떻게 해서든 몸을 움직이려고 했지만 기둥에 묶여 벌을 받는 것처럼 움직일 수 없었다.

"절대 가면 안 된다니까!"

온몸에 힘을 주고 나오지도 않는 소리를 질렀다. 순간 아, 하고 내가 지르는 비명에 놀라 눈을 떴다.

다행히 꿈이었다.

꿈속에서 느꼈던 공포가 젖은 이불처럼 몸을 무겁게 짓눌렀다. 상자 안에서 갈 곳을 몰라 헤매는 햄스터처럼 심장이 떨려왔다.

꿈이라서 다행이다.

다시 꿈이었다는 것을 확인하고 마음을 진정시켰다. 목이 말라서 침대에서 나왔다. 몇 시인지는 모르지만 사방이 캄캄했다. 그래도 맞은편 빌딩에는 아직 컴퓨터 화면을 들여다보는 남자가 있었다. 생각보다 시간이 그리 많이 지나지 않았을지도 모른다.

목이 마르면 마시려고 산 미네랄워터는 탄산수였다. 강렬한 기포가 입안에서 사방으로 튀었다. 뚜껑을 꼭 닫아 냉장고에 다시 넣었다. 냉장고 안의 불빛이 눈부셔서 얼굴을 찌푸렸다.

떠올리고 싶지 않은 기억이 되살아났다.

나의 체온으로 데워진 침대로 돌아가서 눈을 감고 호흡을 가다듬었다.

나는 역시 그 여자의 굴레에서 영원히 벗어날 수 없을지도 모른다.

그 치열한 싸움이 끝나는 것은 그 여자가 죽었을 때가 아니라 내가 이 세상에서 사라졌을 때가 아닐까. 이 고통은 평생 계속될지도 모른다.

그런 생각이 들자 순식간에 기분이 가라앉으면서 절망적인 생각이 들었다. 미래를 향한 희망과 동경은 어디서도 찾을 수 없었다.

아이들은 어째서 부모를 선택할 수 없는 것일까. 부모 자식 관계는 제비뽑기 같아서 나처럼 운이 나쁜 사람은 일생 '흉'이 따라다닌다. 이 몸에 그 여자의 피가 흐르는 한, 그리고 내 몸이 생명 활동을 계속하는 한, 나는 계속 짊어지고 살아야 하는 것이다.

역시 희망 따위는 존재하지 않는다는 생각이 들었다. 누구도 나를 구해주지 않는다. 침대에 누워 있어도 잠은 오지 않고 문득 정신을 차리고 보니 나는 온통 그 여자 생각만 하고 있었다.

나를 낳은 어머니는 히피 문화에 빠져 있었다.

십대 때 집을 나가서 그 후로 소식이 두절되었다.

자유와 평화를 외치는 집단에 들어가 세계 여러 곳을 돌아다닌 모양이었다. 그때마다 숲 속에서 자신들의 커뮤니티를 만들어 자급자족하는 생활을 했다는 것이다. 그리고 나를 가졌다. 당연하게도 아버지가 누군지도 몰랐다. 나에게는 혹시 내가 가 본 적도 없는 멀고 먼 땅에 사는 인종의 피가 섞여 있는지도 모른다. 나는 키도 크고 매부리코인데다가 보통 일본사람보다 윤곽이 뚜렷했다. 길을 걸을 때면 사람들이 외국어로 말을 걸어올 때도 많았다. 나는 어디에서 온 것일까. 늘 미로를 떠도는 기분이었다.

기억 저 아래 밑바닥에 숲에서 생활했던 기억이 어렴풋이 남아 있다. 어머니는 나를 안은 채 막대기 같은 것을 자주 물고 있었다. 지금 와서 생각해 보면 아마도 마리화나 같은 것이 아니었을까 싶다. 그것을 한시도 놓지 않았다.

그곳에는 별별 사람들이 모여 있어서 말 상대가 되어주기도 하고 같은 나이의 아이들도 많아서 놀아 줄 친구들도 부족함이 없었다. 거의 반라 상태로 들판을 뛰어다니고 나무를 타고 벌레를 잡으며 놀았다. 태어나면서부터 그런 생활만 했기에 그것이 당연한 것인 줄만 알았다. 사회로부터 완전히 단절되어 나는 출생 신고도 물론 하지 않은 상태였다. 병에 걸리면 식물 같은 자연의 힘과 주술로 치료를 했을 것이다.

분명하게 기억하지는 못하지만 나는 그 집단 속에서 충분히 즐겁게 살았을 것이다. 그 일이 일어나기 전까지는.

"메이플아, 메이플아."

어머니뿐 아니라 당시 다른 사람들도 나를 그렇게 불렀다.

다만 그곳에 모인 사람들은 다양한 나라의 사람들이어서 그저 '메이플'이라고 불렀을지도 모른다. 어느 날 그 남자는 나를 그렇게 불러 세웠다.

"이리 와서 같이 놀자."

친절한 목소리로 말하며 숲 속으로 오라고 손짓했다. 점심나절이었는지 저녁 무렵이었는지 확실하진 않지만 밤은 아니였다. 어머니는 사람들과 함께 빙 둘러앉아 악기를 연주하면서 춤을 추고 있었다. 나는 그 집단과 멀리 떨어져서 남자가 있는 곳으로 갔다.

어리석게도 무언가 즐거운 놀이가 기다리고 있다는 유치한 희망을 품고서.

곁으로 다가가자 남자는 손을 잡고 걷기 시작했다. 이름도 얼굴도 기억나진 않지만 나는 그 사람이 좋았다. 어머니는 나에게 무신경했지만 그 사람은 어린 아이인 나를 성심껏 상대해 주었다. 춤도 잘 췄고 노래도 잘 불렀고 늘 함께 놀아 주는 정말 재밌는 사람이었다. 그래서 악기 소리가 멀어져 가는데도 나는 신경 쓰지 않고 계속 걸었다.

이윽고 어스름한 깊은 숲 속에 도착했다. 보름달이 뜬 밤이면 밤새도록 의식을 치르는 장소였다. 이제부터 뭘 하며 놀 것인지 궁금해 하며 남자에게 다가갔을 때 남자가 획 하고 돌아섰다. 바지를 벗고 하반신을 노출시킨 채.

무슨 일인지는 몰랐지만 공포감을 느낀 나는 도망치려고 했다. 하지만 그때까지 경험해 본 적 없던 거친 손길로 머리칼을 덥석 붙잡혔다. 남자는 내 몸을 억지로 틀어서 허벅지 사이에 있는 막대기 같은 것을 입술에 거칠게 갖다댔다.

입안으로 침입해 들어온 뜨끈한 것을 이를 악물고 필사적으로 견뎠다. 숨이 막힐 만큼 괴로웠다. 남자가 계속해서 손을 움직였다.

'도와줘, 도와줘.'

마음속으로 어머니를 불렀다.

몇 초 후, 입안에 씁쓸한 점액질의 액체가 흘러들었다. 기분이 나빠서 토하자 등을 누르는 힘이 풀렸다. 덜덜 떨며 위를 올려다보자 남자가 빙그레 웃었다. 무언가가 끝났다고 감지한 나는 그곳에서 죽어라 도망쳤다. 나무뿌리와 돌에 발이 걸려 몇 번이나 넘어졌는지 모른다. 전속력으로 달려서 어머니가 있는 곳으로 뛰어갔다.

나는 어머니의 품으로 달려들었다. 하지만 조금 전 일어난 일을 정확하게 설명할 수 없었다. 그저 어머니를 힘껏 껴안고 꼭 붙어 있었다. 그러나 그 여자는 내 양손을 아무렇지 않게 뿌리치고 옆에 있는 남자의 가슴에 기댔다.

그런 일은 몇 번이고 반복되었다.

나는 내 의지로 그곳을 빠져나왔다. 당시의 일들은 생각하기도 싫은 기억으로 남아 염주 알처럼 알알이 꿰어졌지만 그 외의 일은 잘 떠오르지 않는다. 단지 여기 남아서는 안 되겠다는 생각뿐이었다.

호적에도 없는 아이가 일본으로 돌아가기에는 복잡한 절차가 필요했을 것이다. 하지만 하루코 이모는 혈연이라는 이유만으로 아직 만난 적도 안아본 적도 없는 조카를 위해 힘이 되어주었다.

캐나다에서 일본으로 들어와 나리타 공항에 마중을 나온 하루코 이모와 처음 만났을 때, 나를 가슴에 꼭 껴안던 그 팔의 힘과 온기를 나는 평생 잊을 수 없을 것이다. 그녀는 나와 비슷한 나이의 아들과 딸이 있음에도 불구하고 나를 시설에 넣기 위해 애쓰고 내가 시설에 들어가서도 주말마다 면회를 와 주었으며 대학에 진학했을 때는 입학 등록금을 내 주었다. 그녀는 그렇게 나의 인생이 기로에 섰을 때 버팀목이 되어 주었다. 이렇게 지금 내가 평범한 사람으로서 살아갈 수 있는 것은 모두 하루코 이모 덕분이었다.

나의 마음을 채우는 사람이 그 여자에서 하루코 이모로 바뀌었을 때 나는 비로소 편안하게 잠을 잘 수 있었다. 하루코 이모는 언제라도 나에게 평온한 자장가를 불러주는 존재였다.

밴쿠버에서 본격적으로 보내게 된 첫 날, 어제 봐 둔 역 부근의 카페에 들어가 브런치를 먹었다. 많은 번쩍이는 새 건물들 가운데 이 카페가 있는 건물만 무척 낡았다. 하지만 지그시 축적된 시간이 자아내는 진품의 해묵은 아름다움이 있었다. 원래는 역사였는지도 모르겠다. 빛이 바래고 이끼가 낀 벽돌에는 담쟁이 넝쿨 잎사귀가 얽혀 있다. 그 넝쿨도 단풍으로 물들기 직전의 빨갛고 노란 색을 띠었다.

맛있을 거라고 믿고 왔는데 역시 맛있는 가게였다. 오전 11시에 들어왔을 때는 자리가 아직 많이 비어 있었지만 점심이 가까워지자 손님이 점점 많아졌다.

그리 오래 기다리지 않아서 오리고기 콩피 오븐 샌드위치와

카푸치노가 나왔다. 먹음직스러운 모양에 마음을 빼앗겼다. 한시라도 빨리 덥석 베어 물고 싶었지만 꾹 참고 눈앞에 있는 오븐 샌드위치를 사진으로 남겼다. 회사일로 취재를 왔으니 각도를 바꿔서 몇 장 더 찍고 나서 겨우 오븐 샌드위치를 집었다. 나의 직감은 적중했다.

내가 식사를 하는 동안 옆 테이블에 있던 커플이 보란 듯이 들러붙어서 희희덕대고 있었다. 키스를 하면서 손을 만지고 때때로 테이블 아래로 상대의 허벅지를 이상한 손놀림으로 비볐다. 나와 마사시라면 절대로 있을 수 없는 일이었다. 다른 사람이 보지 않을 때에도 그런 행위는 어색했다. 그런데 조금은 부럽기도 했다. 혼자서 식사를 하는 것은 넓은 가게 안에서 나 혼자였다.

이전에 알고 지내는 프랑스 사람이 식사는 섹스와 같아서 밥을 혼자 먹는 것은 다른 사람 앞에서 자위행위를 하는 것이나 마찬가지라고 했던 말이 떠올랐다. 그때는 별다른 생각이 없었는데 이제 겨우 그 의미를 알 것 같았다. 좋아하는 사람과 함께 먹으면 맛있는 음식이 한층 더 맛있어진다는 것이다.

식사를 마치자 배가 너무 불러서 소화도 시킬 겸 길을 걸었다. 문득 지면이 신경 쓰여 발을 멈췄다. 어제도 같은 길을 걸어왔는데 그땐 어두웠던 탓인지 알아채지 못했는데 보도 표면에 어떤 모양이 새겨져 있었다. 궁금해서 들여다보니 잎사귀 그림이었다.

고개를 들어 주위를 살피자 같은 잎사귀를 가진 나무가 즐비하게 심어져 있었다. 짙은 오렌지색으로 물들어 조용히 타오르는 듯했다.

단풍잎이구나.

문득 생각했다. 그리고 내가 가에데(楓)라는 이름을 갖게 된 이유를 깨달았다.

일본에 있으면 단풍나무를 잘 볼 수가 없다. 산에 가면 있을지 몰라도 적어도 내가 사는 곳 근처에서 볼 수 있는 나무는 아니었다. 하지만 여기 밴쿠버에는 여기저기에 단풍나무가 있다. 물론 국기에 그려진 것도 단풍잎이고 잘 살펴보면 차에도 작은 국기를 달고 다닌다.

터벅터벅 걸어서 관광지로 보이는 곳으로 가 보니 메이플 시럽을 판매하는 특산품 가게가 줄줄이 늘어서 있었다. 오른쪽을 보든 왼쪽을 보든, 위를 보든 아래를 보든 단풍, 단풍, 단풍, 단풍이었다. 여기저기 단풍 천지였다.

너는 여기서 태어난 거야.

너의 고향은 여기라고 마치 무언으로 못을 박는 것처럼 느껴졌다.

그건 결코 싫은 기분은 아니었다. 그렇게 피해 다녔던 캐나다라는 땅이 양팔을 벌려 안아 주었다. 착각일지도 모르지만 그렇게 느껴졌다.

돌아오는 길에 생수를 사려고 어제와 다른 슈퍼에 들어갔지만 그곳에도 역시 메이플 시럽, 메이플 버터, 메이플 비스킷 등 메이플 제품이 즐비했다. 나는 내가 상품이 된 것 같아서 조금 쑥스러워졌다.

짐이 있어서 일단은 방에 돌아가기로 했다. 문을 열자 휴대전화가 막 울리고 있었다. 얼른 뛰어가 전화를 받았더니 마사시였다.

"여보세요?"

상대가 누구인지 아는 터라 밝게 말했다. 여기 와서 그와 처음으로 하는 통화였다.

"이제야 통화가 되네."

전화기에서 연인의 가라앉은 목소리가 들려왔다.

"감기라도 걸린 거야?"

목소리 톤이 평소와 조금 달라서였다.

"응, 가에데하고 못 만나니까 몸이 안 좋아진 것 같아."

정말로 기운이 없는 목소리였다.

"일은?"

"그런대로 하고 있어. 지금 가게 정리하고 막 방에 들어온 참이야."

"수고 많았네."

마사시는 바텐더 수업 중이다.

"그쪽은 어때? 가에데, 캐나다에 가기 전에 많이 예민해져 있었잖아."

"좀 그렇긴 했지. 여긴 단풍 천지야."

"단풍나무가 많다는 말이야?"

"실제로 단풍나무가 많기도 한데 길에도 잎사귀 모양이 그려져 있어. 참, 특산품 파는 곳에도 메이플 시럽 같은 제품들이 정말 많아. 비누나 립크림도."

"아, 그러면 내 선물은 맛있는 메이플 시럽이 좋겠는데. 그걸로 새로운 술을 만들어 보고 싶어."

"그거 좋네. 그럼 마사시 선물은 메이플 시럽으로 할게. 조금 무겁긴 하겠지만."

"그런데 캐나다가 단풍 천지인 건 잘 알 것도 같아. 일본에 관광차 온 캐나다 사람들은 대부분 가방에 국기 배지를 달고 다니잖아."

연인의 목소리는 조금씩 활기를 찾아갔다.

"그렇더라고."

나도 거기에 맞춰 바람을 불어넣듯이 목소리를 높였다. 그의 목소리가 분명하게 들려서 캐나다에서 멀리 떨어진 일본에 있는 사람과 이야기를 나누고 있다는 실감이 나지 않았다.

"그런 사람들이 여긴 무척 많아. 뭐랄까, 자신에 대한 자부심이랄까? 일본에서는 일장기 배지를 달고 걸어 다니면 우익 활동가라고 생각할 텐데."

"맞아. 마치 자신들은 미국인이 아닙니다, 미국인과 혼동하지 말아 주세요, 라는 암묵적인 주장 같아."

"음, 그런 거구나."

"미국에서 부시가 대통령이 됐을 때 미국인 중에서 반 부시파 사람들 상당수가 캐나다로 이주했어. 같은 앵글로색슨이라도 미국인과 캐나다인은 그 정도로 생각이 달라."

나는 지금까지 미국인과 캐나다인이 비슷비슷하다고 생각했던 터라 그의 의견이 신선하게 느껴졌다.

"있잖아, 가에데."

그가 새삼스레 나를 불렀다. 생각해 보니 일본은 조금 후면 아침이었다. 가게에서 일을 하는 그로서는 잘 시간을 넘겨버린 것이다.

"마사시, 자야하지 않아? 목소리가 금방 잠들 것 같은걸."

"그렇게 누나가 동생 대하듯 하는 거 그만해!"

사귄지 그리 오래되지는 않았지만 그는 누나와 남동생 같은 느낌이 드는 것을 가장 싫어했다.

"미안. 그런데 왜?"

"가에데에게 하고 싶은 말이 있어. 그래서 오늘밤에 다시 통화할 수 있을지 물어보려고."

"알았어."

"그럼 아홉 시간 후에 내가 전화할 테니까. 가에데, 꼭 받아야 해. 밖에 나가면 휴대전화 꼭 가지고 나가고. 휴대하라고 휴대전화인 거잖아!"

"알았어, 알았어."

"정말이지……."

그는 툴툴거리며 불평을 늘어놓고 싶은 기색이었다. 하지만 많이 피곤한 것 같아서 이쯤에서 전화를 끊어야 했다.

"그럼 나중에 전화하자. 마사시, 잘 자."

"잘 자, 가에데. 아무쪼록 외국에서 너무 무리하지 말고."

예에, 하는 장난기 있는 말투로 대답하고 전화를 끊었다. 어쩌면, 하는 생각이 문득 들었다.

어쩌면 이 사람이라면 지금까지와는 다른 결과가 나올지도 모르겠다는 그런 생각이. 하지만 그 전에 모두 사실대로 말해야 했다.

그 순간 꽃무늬 슈트케이스가 눈에 들어왔다. 모처럼 마사시와 전화를 해서 기분이 좋아졌는데.

그래. 반대로 생각하면 저 슈트케이스만 눈에 띄지 않으면 된다는 말이다.

의외로 간단한 일이라고 생각하면서 꽃무늬 슈트케이스를 창고 같은 곳에 따로 두었다. 청소기와 접이식 침대가 뒤섞이니 간신히 어울리는 자리를 찾은 것처럼 편안한 마음이 들었다. 이대로 잊은 듯이 일본으로 돌아가도 나쁘지 않을 것 같다. 그렇게 되면 나는 이 슈트케이스가 어디에 있는지 모르게 되겠지.

아홉 시간 후라면, 현재 시계가 오후 한 시를 지나고 있으니 이곳 시각으로 밤 10시쯤이 될 것이다. 그 시간이면 저녁을 먹고 방으로 돌아오겠지만 만일을 위해 마사시가 얘기한대로 휴대전화를 가방에 넣었다. 지금부터 어디로 갈 것인지 고민하다가 인터넷으로 조사를 했다. 수상버스를 타면 '노스(north)'라 불리는 도시의 북쪽으로 갈 수 있다고 한다. 준비를 마친 후 방을 나섰다.

밴쿠버는 길을 찾기 쉬운 도시였다. 세계에서 가장 살기 좋은 도시로 뽑힌 것도 실제로 와서 보니 납득할 만했다. 초심자도 큰 어려움 없이 길을 찾을 수 있을 만큼 교통망이 단순하게 구축되어 있어 살기 편안하다고 느끼는 것인지도 모르겠다. 나도 하루도 안 돼서 헤매지 않고 다닐 수 있었으니 말이다.

지상에는 버스 노선이 잘 정리되어 있고 지하에는 전철이 달리고 있다. 전철은 도쿄만큼 복잡하지 않았다. 구십 분 이내면 전철도 버스도 수상버스도 표 한 장으로 몇 번이고 갈아탈 수 있다. 놀라운 것은 전철에 개찰구가 전혀 없다는 것이다. 극단적인 얘기로 검표를 하는 기계나 사람이 없으니 표가 없어도 탈 수 있다. 하지만 불시에 검사를 해서 만에 하나 잡히는 날에는 엄청난 벌금이 부과된다고 한다. 그런 위험을 안고 얼마 안 되는 비용을 아끼려는 짓은 보통 상식을 가진 사람이라면 어지간해서는 하지 않을 것이다. 들어갈 때도 나올 때도 일일이 검표를 하는 일본의 전철과는 아주 많이 달랐다. 이렇게 너그러운 시스템도 사회가 성숙하지 않으면 작동하지 못할 것이다.

터미널에서 이번에는 수상버스로 갈아탔다.

승강장을 찾아가다 보니 어디선가 독특한 음색이 들려왔다. 특별히 서두를 이유도 없어서 소리가 들리는 곳으로 가 보았다. 아주 커다란 물방울 안에 몸이 통째로 휩싸이는 것 같은 소리. 빛도 도달하지 못하는 바다의 심연에서 해파리가 천천히 춤을 추는 듯한 리듬.

그건 강철 냄비를 두드리는 소리였다.

지하로 내려가는 계단 옆에서 한 흑인 남성이 연주를 하고 있었다. 그가 내게 스스럼없이 하이, 하고 말을 걸었다. 청명한 밴쿠버의 가을 하늘과 강철 냄비 소리는 너무도 잘 어울렸다. 어느새 내가 온화한 표정을 짓고 있음을 깨달았다.

한 곡 듣고 나서 동전을 꺼내 악기 앞에 놓인 모자에 넣었다. 다시 연주를 시작하는 그와 눈이 마주치자 그가 빙그레 미소 지었다. 웃는 모습을 보니 어려 보였다. 마사시보다 더 어릴지도 몰랐다. 너무 오랫동안 듣고 있으면 이상하게 생각할지도 몰라서 아쉬움을 남기고 그 자리를 벗어났다. 그의 연주 소리가 조금씩 작아졌지만 여전히 귓가에 아름다운 울림이 전해졌다. 이렇게 무심한 듯 스쳐간 만남이 의외로 먼 훗날까지 기억에 남기도 한다.

수상버스를 타고 잉글리시 베이를 건너 맞은편 기슭으로 향했다. 멀리서 시내를 보니 좁은 반도에 고층 빌딩이 집중되어 있는 것을 알 수 있었다. 게다가 건물은 대부분 유리창으로 되어 있어서 햇빛을 받아 푸르스름하게 빛났다. 이런 건물은 밴쿠버에서나 볼 수 있는 것들이었다. 지진이 잦은 일본에서는 불가능한 양식이었다. 건설 중인 빌딩도 지진과는 상관없이 만들고 있는 것 같았다. 등을 쭉 펴고 내가 머무는 콘도미니엄 빌딩을 찾으니 건물이 아주 작게 보였다.

노스 밴쿠버에는 십여 분만에 도착했다. 아까까지 머물던 시내와 달리 이쪽은 거의 주택가였다. 언덕 같은 가파른 경사면에 집들이 빽빽하게 서 있었다.

캐필라노 협곡에 갈까, 린 캐니언 공원에 갈까 망설이다가 무료 입장이라는 이유로 린 캐니언 공원에 가기로 했다. 인터넷으로 알아본 버스를 발견하고 서둘러 올라탔다. 만일을 위해 운전사에게 린 캐니언 공원에 가는 버스가 맞는지 확인했더니 그렇다고 하면서 목적지에 도착하면 알려 주겠다며 친절하게 대답해 주었다.

버스는 점점 산 위로 올라갔다. 이곳에서는 이 정도가 보통일지도 모르지만 길가에 있는 집들이 모두 멋지고 아름다웠다. 그림책에 나오는 것처럼 운치 있고 근사해 보였다.

"린 캐니언 공원."

운전사의 또박또박 정확한 말에 퍼뜩 정신이 들었다.

"땡큐."

나도 큰 소리로 인사하고 버스에서 내렸다. 많은 밴쿠버 주민들이 버스에서 내릴 때 운전사에게 이런 식으로 인사를 했다. 친절한 운전사는 버스가 출발해 나를 지나칠 때도 손을 흔들어 주었다. 버스에서 내리고 나서도 오르막길이 계속되었다.

간신히 공원 입구에 도착했을 때는 이미 가벼운 운동을 끝낸 기분이었다. 공원이라고 해서 요요기 공원이나 히비야 공원을 상상했던 나는 그것이 완전한 착각이었다는 것을 깨달았다. 이름만 공원이었을 뿐, 그곳은 사람 손이 닿지 않은 대자연의 모습 그대로였다. 하지만 여기까지 어렵게 와 놓고 그냥 돌아갈 수는 없었다. 가장 짧은 거리의 트래킹 코스를 골라 걷기 시작했다.

걷기 힘들만큼 위험한 곳에는 조그만 길이 만들어져 있지만 기본적으로는 자연 그대로였다. 규모 또한 상당했다. 그런데도 이곳은 시내에서 멀리 떨어진 깊은 산속이 아니라 밴쿠버라는 도시에서 멀지 않은 공원이었다.

아래에 물이 흐르고 있는 것 같아서 계단을 하나하나 밟고 내려가 계곡으로 향했다. 도중에 개를 데리고 산책에 나선 사람들이 스쳐 지나갔다. 내 눈에는 이런 자연 속을 자유롭게 돌아다니는 개도 굉장히 행복해 보였다.

"헬로."

스쳐 지나가면서 인사를 나눴다.

계곡 옆길로 나오자 단풍이 더욱 아름다웠다. 공기는 한층 서늘하고 향기로웠다. 계속해서 숨을 들이마시고 싶었다. 몸 안에 있는 독소가 전부 밖으로 나오고 좋은 에너지가 몸속으로 빨려 들어간다. 정말 기분 좋다! 마음속으로 계속해서 외쳤다.

그대로 자리에 서서 심호흡을 반복하다가 다시 상류로 향했다.

오르내리기를 여러 차례 반복하다가 숲 속 깊숙이 헤치고 들어갔다. 어느 지점부터인가 완전히 길이 사라져 버렸다. 길을 막는 가지와 잎사귀를 가르며 걷다 보니 왠지 모를 기시감이 느껴졌다. 마치 이미 알고 있는 듯한, 그리운 듯한 묘한 느낌. 왜일까, 하고 생각하면서 앞으로 나가는 동안 이유를 깨달았다. 어릴 적 그 여자와 함께 캐나다에서 살았을 때 이런 자연 속을 걸은 적이 있었다.

한 발 내딛을 때마다 어려지는 것 같았다. 린 캐니언 공원을 걷고 있는 자신이 어른인지 아이인지 돌연 알 수 없게 되었다. 다른 기억들도 차례로 떠오를 것 같았다. 하지만 결국엔 아무것도 떠오르지 않았다. 내 안에서 캐나다에서 그 여자와 보낸 시간은 모두 도려내져 있었다.

그 사실이 기억상실이라는 병처럼 때때로 나를 굉장한 불안감에 몰아넣었다.

코스를 한 바퀴 돌자 계곡의 반대편이 나왔다. 계속 어두운 숲 속에 있었던 탓인지 갑자기 시야가 넓어지며 무서운 최면술에서 해방된 느낌이 들었다. 하늘은 여전히 푸르렀지만 확실히 해가 질 무렵에 가까워지고 있었다. 계곡물은 얕아서 커다란 돌을 놓으면 쉽게 맞은편으로 건너갈 수 있을 것 같았다. 물은 시리도록 맑았다.

린 캐니언 공원을 나온 것은 여섯 시가 지나서였다. 개울을 쳐다보며 멍하니 있다 보니 시간이 흘러 있었다. 조금 졸았는지도 모른다. 몸이 나른해져 있었다.

배가 고파서 노스 밴쿠버에 있는 중국식당에 들어갔다. 입구에는 상장들이 주르륵 전시되어 있었다. 이 가게를 소개한 일본 잡지도 스크랩해 두었으니 맛은 믿을 만했다. 손님이 없는 것은 아직 이른 시간이기 때문이고 일곱 시 반이 지나면 이 큰 가게 안이 세심한 미각을 지닌 떠들썩한 손님들로 가득 찰 것이다. 우선은 생맥주를 받아 마시면서 사전처럼 두꺼운 메뉴를 처음부터 순서대로 넘겼다.

몇 시간 전에 마사시와 통화를 했기 때문일까. 허니문 볶음밥이라는 메뉴에 눈길이 갔다. 볶음밥 위에 하얀 색과 오렌지색 소스가 반씩 얹어져 있었다. 이 가게의 추천 요리라고 하니 분명 맛있을 것이다. 그래서 전채 요리와 함께 허니문 볶음밥을 주문했다. 빈속에 맥주를 마신 탓인지 보통 때보다 취기가 빨리 올라왔다. 나는 혼자서 들뜬 기분이 되었다.

전채 요리의 맛은 그저 그랬다. 정성이 들어가지 않은 요리는 먹는 사람도 알게 되어 있다. 말단 요리사가 오늘밤 연인과 보낼 이런저런 시간을 상상하며 적당히 만든 것이 틀림없다. 하지만 음식을 남기는 것을 싫어해서 적당히 모른 척하며 전채 요리를 입에 넣고 씹었다. 조금 김 빠진 맥주로 목구멍에 남은 음식을 억지로 씻어 내렸다.

꾸역꾸역 먹고 있는데 허니문 볶음밥이 나왔다. 일말의 두려움이랄까, 불길한 예감이 들었지만 그렇게 생각하지 않으려고 마음을 다잡았다. 하지만 아니나 다를까 그릇 전체에서 맛없을 것 같은 느낌이 스멀스멀 올라왔다. 사진과는 전혀 다른 것이 아닌가. 테이블을 쾅 내리치며 큰 소리로 항의하고 싶었다. 하지만 먹어 보지도 않고 그럴 수는 없다는 생각에 볶음밥을 숟가락으로 떴다.

역시 맛이 없었다.

정말 손님을 위해서 만든 것인가. 조리실 뒷문에서 기르는 고양이에게 줄 요량으로 만든 것은 아닌가. 정말 이것이 허니문 볶음밥의 맛인가. 싱거운 수준을 훌쩍 뛰어넘어 아무 것도 느낄 수 없는 맛이었다. 도대체 어떤 음식을 만들고자 한 것인지 전혀 알 수 없을 지경이다. 먹고 있자니 마치 자욱한 안개 속에 내던져진 듯한 기분이어서 조금도 즐겁지 않았다. 오히려 점점 서글퍼졌다. 허니문 볶음밥에 비하면 전채 요리가 훨씬 더 나은 편이었다. 숟가락을 쥔 손이 완전히 멈춰 버렸다. 이런 음식을 몸속에 넣을 바에야 배고픔을 참는 것이 낫다. 결국 반의반도 먹지 못했다.

계산을 부탁했는데 생각보다 비싸서 다시 충격을 받았다. 맛집 거리라고 해도 아무 가게나 들어가서 맛있는 음식을 기대할 수는 없다. 게다가 가게에서 일하는 중국인 직원의 불친절함은 이 세상 최고였다. 어느 쪽이 손님인지 도통 구분이 가지 않았다. 내가 가게를 나올 때에도 손님이 없었으니 이 가게는 이미 평이 좋지 않은 것이리라. 맛있는 음식을 기대한 탓인지 공복감이 크게 느껴졌다.

문득 옛날 일이 떠올라 울고 싶어졌다.

나는 어릴 적, 정성을 들여 만든 따스하고 맛있는 음식을 먹어본 적이 없었다.

시내 슈퍼의 채소 코너에서 야키소바를 사서 방으로 돌아왔다. 다시 중국음식을 골라 온 이유는 이대로 넘어갔다가는 중국음식 자체를 아예 먹지 않게 될지도 모른다는 생각이 들어서였다. 슈퍼에서 산 것이 오히려 더 맛있었다. 적어도 음식을 먹고 서글퍼지는 맛은 아니었다.

취기를 없애려고 샤워를 하고 잠옷으로 갈아입은 뒤 빈둥거리며 시간을 보냈다. 텔레비전을 켜니 노래자랑을 하고 있었다. 텔레비전이란 건 본래 전 세계적으로 쓸데없는 내용을 보여주는 것인지도 모른다. 어느 채널을 틀어도 따분한 것들만 나와서 이리저리 틀다가 일기 예보를 보며 시간을 보냈다.

열 시가 넘어갈 거라고 생각하고 있었는데 아홉 시 반에 전화가 울렸다. 재빨리 텔레비전 소리를 줄이고 전화를 받았다.

"여보세요?"

차분한 목소리로 전화를 받았다.

"아, 다행이네. 가에데가 또 휴대전화 놓고 어디 나갔을까 봐 걱정했는데."

마사시가 정말로 안심하는 말투로 말했다.

"마사시는 잘 쉬었어?"

"뭐, 그럭저럭. 여긴 비가 엄청 와. 태풍이 온다고 하네."

마사시의 입에서 태풍이라는 말을 들은 순간 빗소리가 들리는 것 같았다.

"이제 가게에 일하러 가야겠네."

"네에, 자전거를 타고 날아서 다녀와야죠."

오늘의 마사시는 평소보다 정중한 말을 조금씩 섞어가며 말했다.

"비가 많이 오는데 자전거를 타고 가다니 너무 위험해. 그건 그렇고 마사시, 할 말이 있다고 했잖아."

순간 마사시가 쿨럭 하고 기침을 했다.

"응. 저기 그러니까, 저기."

"뭔데?"

"가에데. 우리 결혼하자."

"뭐라고?"

"나의 아내가 되어 줘. 내가 가에데를 행복하게 해 줄게. 절대로 바람피우지 않을게."

마사시는 진지한 목소리로 말을 이었다. 중요한 말이란 것은 프러포즈였다. 너무 갑작스러워서 나는 놀라는 것조차 잊고 어떻게 답을 해야 좋을지 잠시 망설였다.

"고마워."

먼저 마사시가 나를 그렇게 생각해 주는 것에 감사의 인사를 전했다.

"그게 무슨 뜻이야?"

"기뻐서 하는 말이야."

"하지만 전혀 기뻐하는 것 같지 않은데?"

"그래?"

"그게 뭐야. 자기가 듣기에는 그렇지 않나 보네."

"음……."

"음이라니. 난 지금 굉장히 용기를 내서 좋아하는 사람에게 프러포즈했다고. 그런데 가에데는……."

"미안해, 마사시. 이런 얘기일 줄 전혀 몰라서 놀란 것뿐이야. 하지만 그 전에 나도 마사시에게 해야 할 얘기가 있어."

말하고서 스스로도 놀랐다.

마사시가 프러포즈하기 전까지 일이 이렇게 전개되리라고는 추호도 생각하지 못했다.

"나는 섹스를 할 수가 없어."

단도직입으로 말해 버렸다. 베일에 가려져 있으면 요점을 정확히 전할 수 없다. 이제 쑥스러울 나이도 지났다.

"놀랐어?"

마사시가 아무 말도 하지 않아서 내가 말을 이었다. 멀리 떨어진 곳에서 전화로 말하고 있어서 이런 얘기를 쉽게 할 수 있는 것인지도 모른다.

"말하자면 삽입할 곳이 없다든가?"

마사시의 황당한 발상에 풋 하고 웃음이 터졌다. 킬킬대고 웃었더니 마사시가 이해할 수 없다는 목소리로 얘기했다.

"가에데, 중요한 얘기 하는 거니까 장난치지 말아 줘."

"그렇지만 갑자기 너무 웃겨서."

웃음을 참아가며 되도록 진지하게 말했다.

"신체적으로 안 된다는 말이야?"

"신체적이라기보다는 정신적인 문제라고 생각해. 거긴 있지만 말이야."

다시 풋 하고 웃음이 나왔다. 나의 나이 어린 연인은 진지한 것인지 재미있는 것인지 전혀 감을 잡을 수가 없다.

"제대로 얘기해 봐."

마사시가 초조해하고 있다. 나는 웃음을 거두었다. 그리고 사실대로 이야기하기로 했다. 이제껏 누구에게도 고백한 적 없는 사실을.

"어렸을 때 어떤 남자한테 당한 적이 있어. 어머니가 사귀던 남자였는데 어머니는 그 일을 대강 알고 있었지만 묵인하고 도와주지 않았어. 그래서 결국 내 힘으로 도망쳐 나왔어. 일본에 있는 이모 도움을 받아서 그때부터 정상적으로 살게 됐지. 어머니와 떨어져 있으면서 어릴 때 어떤 일을 당했는지는 거의 잊어 버리고 지냈어. 그런데 어른이 되고 좋아하는 사람이 생기고 정작 그런 관계가 되고 나니, 갑자기 그날이 생생하게 떠오르면서 견딜 수 없이 무서워졌어. 결국 할 수가 없었지.

조심조심 시험해 본 적도 있어. 하지만 역시 안 돼. 마음은 원하지만 몸이 말을 듣지 않아서 거절해야 했어. 그래서 결국은 다 제대로 되지 않았고. 지금은 누구한테도 안기지 않고 살면 된다고 포기했어. 이제 반올림하면 마흔이 되는 나이이고."

스스로도 놀랄 만큼 담담하게 털어놓았다. 하지만 듣고 있는 마사시는 상당히 충격을 받은 모양이었다.

"그런 슬픈 얘기 하지도 마!"

"슬프다니 뭐가?"

"누구한테도 안기지 않아도 된다니……. 상대가 다르면 될지도 모르잖아."

마사시의 젖은 숨소리가 귓속으로 흘러들었다.

"내가 싫은 거야?"

"좋아해. 좋아하지만……. 마사시, 아기 갖고 싶잖아. 하지만 나는 결혼해도 그럴 수 없을 거야."

"요즘은 여러 가지 방법이 있잖아. 인공수정이나 체외수정 같은 거."

나는 자세히 알고 있네, 하고 생각하면서 말했다.

"하지만 부부가 한 번도 섹스를 하지 않고 아이를 낳는다니 아무리 생각해도 말이 안 돼. 마사시가 쓸쓸하게 사는 건 내가 싫어."

"가에데하고 섹스하려고 결혼하려는 게 아니야!"

"그렇긴 하지만 사실 그것도 중요해. 나는 알아. 경험을 해

봤으니까. 안 해도 좋다고 말은 하지만 불만은 쌓여. 결국 적당한 이유를 들어서 버려지는 건 나라고."

마사시는 입을 다물어 버렸다.

"미안해."

우리 두 사람의 목소리가 동시에 메아리처럼 겹쳤다. 하지만 이 일만은 정말 어쩔 수 없는 일이었다. 어쩔 수 없는 일을 어떻게라도 해 보려고 노력하면 결국 상처가 되어 자신의 무력함을 깨달을 뿐이다. 마사시와 가벼운 만남으로 끝내는 것도 나쁘진 않을 것이다.

"마사시."

만일 마사시가 바로 옆에 있다면 나는 마사시의 머리를 다리 위에 올려놓고 머리칼을 쓰다듬어 주었을 것이다.

"내 어머니는 한심한 인간이었어. 남자들에게 늘 속고 다녔지. 그래 놓고 또 남자에게 돈을 갖다 바치고, 계속 속고 살다가 말년에는 빈털터리가 돼서 친척들한테 돈을 빌려댔어. 나는 말이야, 정말로 어머니를 죽이고 싶었어. 하지만 그건 생각보다 어려운 일이어서 누군가 죽여주면 좋겠다고 빌었지. 결국 객사한 것과 마찬가지지만. 나는 그때 만세를 부르고 싶었어. 그 여자가 죽었다는 소식을 들었을 때 말이야. 나는 그런 심보를 가진 인간이야. 나에게도 어머니와 똑같은 피가 흐르고 있다고 생각하면 토하고 싶을 정도야. 그래서 내 자손 같은 건 남기고 싶지 않아. 아마 그래서 섹스를 할 수 없는 몸이 되어 버린 것 같아."

마지막에는 내가 무슨 말을 하고 있는지도 몰랐다.

잠시 동안 침묵이 흘렀다. 마사시가 어떻게 나올지 긴장이 되었다. 문득 나이차를 느끼게 되는 것이 바로 이런 순간이었다. 아무리 생각해도 이미 인생의 쓴맛 단맛을 다 알아 버린 건 내 쪽이었다.

"그래도 난 포기 안 해."

마사시가 단호한 말투로 힘주어 말했다.

"가에데, 오로라가 실제로 어떻게 보이는지 알아?"

의미를 알 수 없는 갑작스런 질문이었다.

"오로라라면 분홍색이나 붉은색에 에메랄드그린이 섞인 빛으로 된 커튼처럼 보이는 것 아냐?"

이런 답을 원해서 질문한 건 아닐 거라고 생각하면서도 달리 할 수 있는 말이 없었다.

"분명 그렇게 보일 때도 있을 거야. 장소에 따라 다르지만 우리가 오로라라고 알고 있는 이미지는 십 년에 한 번 꼴로 찾아오는 특별한 밤에 찍힌 사진이나 영상이래. 그런 사진에만 목숨을 건 카메라맨이 간신히 찍은 기적적인 한 장이지.

보통 오로라는 어떠냐면, 디지털 카메라로 찍은 사진에선 온통 초록색으로 보이고 육안으로는 거의 흰색으로만 보인대."

"정말? 못 믿겠어. 지금까지 그렇게 알고 있었는데."

내가 상상한 오로라는 빛나는 무지개색의 띠였다. 단순히 흰색이라면 의미가 없는 것 아닌가.

"나도 처음에 이 얘기를 듣고 무척이나 실망했지. 우리가 아는 이미지란 그게 아니었으니까. 하지만 실제로 보면 정말 구름이나 연기, 달빛 같은 것으로밖에 보이지 않는대. 이 얘길 해준 건 우리 매형과 누나였어. 매형이 같이 오로라를 보러 가자고 해서 추운 겨울에 알래스카까지 신혼여행을 간 거야. 그 결과가 아까 말한 대로고. 나중에 말하기를, 그들이 사는 아파트에서 보이는 저녁놀이 훨씬 더 아름답다는 걸 깨달았대."

마사시가 점차 흥분하듯이 말했다.

"나 같으면 신혼여행이 그렇게 되면 싸웠을 거야."

그렇게 멀리까지 가서 겨우 구름 같은 것만 봤다면 로맨틱한 분위기에 빠지지는 못할 것 같았다.

"사실 두 사람도 나리타 공항에 내리자마자 이혼할 뻔했대. 알래스카의 겨울은 영하 30도 정도라니까. 게다가 패키지 여행에 동행한 사람들이 할아버지 할머니들인데다 식사도 맛이 없고, 밤에 오로라를 보러 가느라 잠도 부족한데다 호텔에서 거의 나가지도 못하는 최악에 가까운 여행이었겠지. 하지만 시간이 지나고 나니 역시 좋은 추억이었다고 하더라. 세상에는 눈으로 직접 확인하지 않으면 알 수 없는 것이 아직 너무 많다는 걸 깨달은 거지."

마사시의 이야기를 들으니 그가 누나를 정말 좋아하고 자랑스러워한다는 생각이 들었다. 가족을 어떤 거리낌도 없이 순수하게 존경할 수 있다는 건 진정한 행복이 아닐까. 부끄러움 없이 가족을 이야기할 수 있는 마사시를 보면서 젊긴 젊구나, 하는 것과 동시에 그가 부럽기도 했다.

"그러니까 가에데."

마사시의 얘기에 빠져 있다가 갑자기 나를 부르는 소리에 깜짝 놀랐다.

"응? 뭐?"

건너편 빌딩의 방에 나와 똑같이 소파에 웅크리고 앉아 통화 중인 여자가 보였다.

"그러니까 역시 결혼을 해 보지 않으면 알 수 없다는 거야."

어떤 연관성이 있기에 오로라에서 결혼해야 한다는 화제로 옮겨간 것인지 이해가 되지 않았다.

"하지만 나도 분명 오로라 같을 거야. 마사시는 분명 실망할 거야. 총천연색을 상상했는데 실제로는 그냥 하얗더라는 것처럼. 물론 섹스하기 위해 결혼하는 것은 아니지만 중요한 요건 중 하나인걸. 나는 그 부분에 결격사유가 있는 거지."

어떻게 이만큼이나 대놓고 말할 수 있는지 의아할 정도였다. 일본과 캐나다라는 거리가 아니었으면 그렇게 하지 못했을 수도 있다. 직접 만나서 얘기했다면 절대 이런 식으로 대화할 수 없었을 것이다.

"나도 남자니까 가에데와 하고 싶다는 생각이 아예 없다고 하면 거짓말이겠지. 하지만 지금까지 하는 걸로 봐서 나도 가에데가 그런 것을 피하고 있다고 생각했어. 나는 반대로 남자한테 흥미가 없나 보다고 생각해서 지금 가에데 말을 듣고 한편으론 안심도 돼."

"설마 나를 레즈비언이라고 생각한 거야?"

그렇게 생각했다는 건 상상하지 못한 일이어서 묘한 기분이 들었다.

"아냐. 의심하고 있었던 건 아니지만."

겸연쩍은 목소리로 마사시가 중얼거렸다.

"그럼 한번 해 볼까?"

"으응?"

마사시가 갑작스러운 제안에 당황한 나머지 괴상한 소리를 냈다.

하지만 그 방법이 최선일지도 모른다. 이렇게 모든 것을 털어놓은 것은 마사시가 처음이었으니까. 지금까지는 늘 성급하게 관계가 진행되다가 기억하기 싫은 일이 겹쳐져서 아무리 애써도 상대를 받아들일 수 없었다.

혹시 마사시라면 가능할지도 모른다는 생각이 들었다.

어떤 근거도 없이 그런 기분이 가슴 속에서 솟구쳤다. 빛의 화살을 타고 힘차게.

"우와, 정말 긴장했잖아."

마사시가 겨우 대답했다. 나도 섹스를 해 보자고 얘기한 것은 태어나서 처음이었다. 만일 그래도 안 된다면 그건 그때 가서 생각해도 되지 않을까. 내가 직접 가 보지 않으면 알 수 없는 풍경이 분명 있을 것이다.

"일본에 돌아가면 연락할게."

이제 전화를 끊어야 할 때라고 생각했다.

"다행이야. 이렇게 밝은 기분으로 끊을 수 있어서."

마사시의 부드러운 목소리가 마음을 울렸다. 아아, 나는 내가 미처 알아채지 못할 만큼 마사시를 진심으로 좋아하고 있음을 깨달았다. 자립해서 살아가고 있다고 생각했는데 사실은 많은 사랑을 받으면서 여기까지 왔던 것이다.

"마사시, 조심해서 일하러 갔다 와."

"응. 가에데의 꿈속에 놀러갈 수 있다면 좋겠다."

마사시가 잠꼬대처럼 확실치 않은 발음으로 영화 대본에나 있을 법한 말을 했다. 그가 전화를 끊고 나서도 잠시 전화를 귀에 대고 있었다. 프러포즈를 받은 것보다도 나에 대해 마사시에게 전부 말할 수 있었다는 사실이 산들바람을 맞은 것처럼 상쾌했다.

테라스의 창을 열고 밖으로 나갔다. 밴쿠버의 하늘은 맑고 별은 보이지 않았다. 10월이 되니 공기가 피부를 자극할 만큼 시렸다. 힘껏 숨을 들이켜서 폐에 신선한 공기를 가득 채웠다. 호흡을 멈추고 천천히 숫자를 셌다. 조금씩 숨을 내뱉자 입김이 부옇게 나왔다. 순간 머리가 맑아질 만큼 한기가 느껴졌다. 가을인데도 이러면 겨울은 얼마나 추울까.

슈트케이스를 열지 않으면 나는 앞으로 나아갈 수 없다.

하지만 슈트케이스를 열면 뭔가가 바뀔지도 모른다.

이제 더 이상 도망치거나 피하는 것엔 지쳤다.

나는 나를 낳은 어머니를 똑바로 바라보아야 한다.

그로부터 삼일간은 폭풍처럼 레스토랑을 돌며 일했다.

근처 식품점 주인이 가르쳐 준 인도 요리점을 하나 건졌다. 예약을 받지 않아서 문 열기 한 시간에서 한 시간 반 전부터 줄을 서서 기다리는 것이 가장 좋다는 말을 들었다. 평일인데 설마 그렇게 많을까 하고 우습게 여겼더니 정말 개점 오십 분 전부터 가게 앞은 이미 사람들로 북새통을 이뤘다. 저녁 다섯 시 정도에 이렇게 북적이는 가게는 없을 것이다.

이윽고 개점 시간이 되어 순서대로 안내를 받아 가게에 들어갔다. 혼자 온 사람은 나뿐이어서 안쪽의 작은 테이블로 안내를 받았다. 옆 자리에는 세 살 정도 되는 남자아이를 데리고 온 젊은 부부가 있었다. 부인은 나와 비슷한 나이로 보였는데 뱃속에 또 한 명의 아이를 품고 있었다.

나와 마사시도 언젠가 저렇게 가족과 함께 올 수 있을까. 나는 이제껏 어머니의 피를 받은 인간을 이 세상에 내놓지 말아야 한다고, 나쁜 대물림은 내 대에서 끝내야 한다고 생각해 왔다. 하지만 어쩌면 내가 잔 다르크가 되어 아주 긍정적인 방식으로 그런 흐름을 바꿀 수 있을지도 모른다. 그런 실낱같은 희망이 마음에서 싹을 피우고 자라나기 시작했다.

그렇게 생각에 잠겨 있을 때 음식이 나왔다. 소문에는 세계에서 가장 맛있는 인도 요리점이라고 했다. 난을 찢어서 입에 넣는 순간, 바로 이 맛이라는 표현을 쓸 수밖에 없었다. 지금까지 먹어 본 인도 요리와는 차원이 달랐다. 이 난을 일본으로 가지고 갈 수 있을지 진지하게 생각했다. 가지고 가서 마사시에게 먹이고 싶었다.

난 하나만 먹어도 이렇게 맛있는데 카레를 찍어 먹으면 어떨까 두근거리며 먹어 봤더니 과연 이 세상에 다시없을 맛이었다. 등에서 날개가 자라는 것 아닐까 싶어 나도 모르게 등 뒤를 확인할 정도로 먹으면 먹을수록 몸 전체가 가벼워졌다. 그 자리에서 일어나 감탄의 함성을 지르고 싶었다. 여기라면 입맛이 까다로운 일본 여행객도 틀림없이 만족시킬 수 있을 것이다. 보석을 발견한 기분이었다.

돌아오는 길에 슈퍼에 들러 탄산이 든 미네랄워터를 사 들고 기분 좋은 상태로 방에 돌아오자 어두운 방 한 구석에서 휴대전화 램프가 반짝이고 있었다. 마사시인지 확인했더니 하루코 이모가 보낸 음성 메시지였다. 전화를 귀에 대고 메시지를 재생했다. 하루코 이모와 그녀의 언니는 얼굴은 하나도 닮지 않았지만 목소리는 똑같았다.

"가에데. 캐나다는 어때? 춥진 않고? 저기 그러니까, 중요한 용건이 있어서 전화했는데. 네가 태어난 장소를 알아냈어. 네가 지금 있는 곳이 밴쿠버지? 거기에서 그렇게 멀지 않은 것 같으니 알려줄까 해서. 그러니까, 솔트 뭐라고 하는 섬이래. 호스피스 직원도 거기까지밖에 못 들었는데 현지인에게 물어보면 금방 알 거라고 하네. 가에데, 솔트 뭐라는 섬인 것은 확실해. 그럼 이만 끊을게."

캐나다에서 일본으로 왔을 때 나는 누구도 믿지 못했다. 그렇다고 불만을 말로 할 줄도 몰라서 하루코 이모에게 엉뚱한 화풀이를 하거나 욕을 하기도 했다. 하지만 하루코 이모는 괴로움을 참아내며 내 곁을 지켰다.

어느 날 나는 하루코 이모가 화분에 정성껏 키우는 꽃을 잡아 뜯어 버렸다. 어쩌다 보니 나도 모르게 봉우리를 잡아 버린 것이었다. 꽃을 잡은 순간 일을 저질렀구나 했지만 이미 되돌릴 수 없는 일이었다. 그대로 꽃을 바닥에 내던졌다.

"생명을 소중히 여기지 않으면 벌 받아!"

아무도 없다고 생각했는데 등 뒤에 하루코 이모가 서 있었다. 언제나 상냥했던 하루코 이모가 지금껏 본 적 없는 무서운 얼굴을 하고 나를 보았다. 짝 하고 뺨을 맞았다. 분한 감정을 어찌할 줄 몰라 그저 눈물만 흘렸다.

그날 밤 하루코 이모가 지쿠젠니(닭고기 야채 조림-옮긴이)를 만들어 주었다. '가에데를 위해'라며. 나는 그것이 너무 기뻐서 흰쌀밥과 지쿠젠니를 번갈아 입에 넣으며 눈물을 쏟을 뻔했다.

캐나다에서 생활할 때는 모든 것이 집단생활이었기에 '나만을 위한' 것은 일체 없었다. 어머니조차 모두의 것이었다. 나 또한 모두의 아이였다. 하지만 그렇게 발돋움하듯 어른스러운 생각을 하려 했던 것이 나를 더욱 피폐하게 만든 것일지도 모른다.

"가에데를 위해 만들었어."

지금 와서 생각하면 그때의 지쿠젠니가 나를 그 피폐한 생각에서 슬쩍 벗어날 수 있게 해 주었던 것 같다. 초등학교 고학년부터 중학교를 졸업하기까지 시설에서 지낼 때에도 하루코 이모는 내가 좋아하는 지쿠젠니를 만들어 주려고 자주 시설을 찾아와 주었다.

나이 든 어머니는 모든 친척들에게 돈을 빌렸다. 갚을 능력도 없는 주제에 남자에게 속아 계속해서 돈을 빌려댔다. 한 남자에게 뜯길 대로 뜯기고 나서 남자가 도망가 버리면 다시 새로운 남자와 똑같은 짓을 반복했다. 분명 그들은 한 패거리가 되어서 어머니를 속이고 있었던 것이리라.

어머니가 울고불고 하는 바람에 하루코 이모는 어쩔 수 없이 비상금을 빼서 돈을 마련해 주었다. 하지만 나는 일절 상관하지 않았다. 어머니가 전화를 해도 받지 않았고 언젠가 집에 찾아왔을 때도 만나지 않고 문밖에서 쫓아 버렸다. 급기야 생활마저 어려워진 어머니는 전기와 가스가 끊기고 집세도 낼 수 없게 되자 아파트를 나와 노숙자가 되었다.

하루코 이모는 노숙자가 된 어머니를 우연히 길에서 마주친

적이 있다고 했다.

"가에데는 만나지 않는 게 나아. 아니, 만나면 안 돼"

그렇게 강조해서 나는 그 동네에 아예 가지 않았다. 하지만 지하철 같은 곳에서 노숙자를 보면 혹시 어머니가 아닐까 싶어 늘 겁이 났다.

그런 생활을 하니 건강할 리가 없었다. 결국 어머니는 길에서 쓰러졌다. 객사하기 직전에 발견되어 그런 사람들이 모인 호스피스로 옮겨졌다. 그녀는 온갖 병을 앓고 있었다. 하루코 이모는 어머니를 만나러 호스피스까지 갔던 모양이었다. 어머니가 나를 만나고 싶어 한다고 했다. 하지만 나는 단호하게 거절했다. 노숙자가 된 어머니 따위 만나고 싶지 않았다. 그리고 호스피스에 수용된 지 한 달도 되지 않아 어머니는 죽었다.

밴쿠버에서 지내는 마지막 날 오후, 나는 다시 린 캐니언 공원에 가기로 했다. 왠지 모르게 가고 싶었다. 이번에는 꽃무늬 슈트케이스를 가지고 간다. 열쇠도 주머니에 넣었다.

며칠 전과 똑같이 수상버스를 타고 가다가 버스로 갈아탔다. 전에 만났던 친절한 운전사를 만날 수 있을까 기대했지만 이번에는 다른 사람이었다. 버스에서 내려 공원을 향해 걸었다. 슈트케이스를 양손으로 들다시피 하고 강 쪽으로 난 긴 계단을 계속해서 내려갔다. 역시 이곳의 공기는 시내와 달랐다. 이곳에 있는 모든 것이 신성하게 느껴졌다.

강 바로 옆에 있는 커다란 바위에 꽃무늬 슈트케이스를 올려놓았다. 기분 탓일지도 모르지만 며칠 전에 왔을 때보다 단풍이 더 붉게 물들어 있었다. 단풍나무가 불타오를 듯한 색으로 강을 감싸고 있어 공기까지 붉게 물든 것 같았다.

눈을 감고 마음을 진정시켰다. 이 안에서 어떤 것이 나오더라도 흐트러지지 않도록.

주머니에서 작은 열쇠를 꺼냈다. 어릴 적 나는 언제나 이 슈트케이스와 함께였다. 지금은 이렇게 낡고 쓸모없어 보이지만 당시에는 가장 유행하는 슈트케이스였을지도 모른다.

열쇠를 구멍에 꽂자 찰칵 하는 작은 소리가 나며 자물쇠가 열렸다. 녹이 슬었는지 완전히 열리지는 않는다. 다시 힘을 줘서 자물쇠를 완전히 열고 천천히 지퍼를 연다. 그 선명한 느낌이 손끝에서 전신으로 퍼졌다. 지퍼를 마지막까지 열고나서 슈트케이스 뚜껑을 열었다.

안에 든 것은 여러 장의 노란색 종잇조각이었다. 어쩐지 가볍다고 생각했었다. 나는 천천히 그 종이들을 살펴보다가 접힌 종이를 펼쳤다.

'세상에서 가장 사랑하는 엄마에게. 가에데로부터.'

삐뚤삐뚤한 글씨체로 쓰여 있었다. 순간, 뱃속에 자갈이 가득 찬 것처럼 호흡이 가빠졌다.

그랬다. 어린 나는 그런 어머니도 사랑했었다. 세상에서 가장, 사랑했다. 완전히 잊고 있었지만. 만약 눈앞에 어린 시절의 내가 있다면 나는 양팔로 꼭 끌어안아 주었을 것이다.

그때 쉬익 하고 빨간 물체가 눈앞을 지나갔다. 뭐지, 하고 물 위를 쳐다보니 빨간 물체가 다시 물살을 거슬러 헤엄쳤다. 마치 별똥별처럼.

어디선가 '연어'라는 목소리가 들렸다. 혹시 이것이 연어의 회귀인 걸까. 며칠 전에는 보지 못했는데.

잘 살펴보니 연어가 무리를 지어 올라오고 있었다. 개중에는 비늘이 너덜너덜해진 연어도 있었다. 자손을 남기기 위해 필사적으로 강을 거슬러 온다. 목숨을 걸고서.

한참을 바라보고 있자니 잊고 있었던 어머니의 모습이 되살아났다.

결코 깔끔한 차림은 아니었고 구두도 닳아빠졌다. 화장도 하지 않았다. 어쩌면 그건 나를 키우기 위해서였는지도 모른다.

엄마.

언제부터 그렇게 부르지 않게 되었는지 기억이 나지 않는다. 그렇게 좋아했는데.

"엄마."

소리 내어 불러 보았다.

나를 소중하게 생각했다면 그렇게 말해 주었으면 좋았을 텐데. 나는 늘 어머니가 나를 짐으로 여긴다고 생각하고 살았다.

지금까지 봉인해 두었던 어머니에 대한 기억이 강물처럼 가슴속에서 소용돌이쳤다.

보고 싶다. 지금 당장 엄마를 만나고 싶다. 여기로 와 줘. 나, 엄마가 보고 싶어. 이별 인사도 제대로 못했잖아. 엄마를 도와주지 못했어. 나만 지붕이 있는 따뜻한 집에 앉아서 맛있는 걸 먹고 엄마는 추운 길바닥에서 배고픔에 시달렸지.

엄마…….

당장 엄마의 목소리가 듣고 싶었다. 등에 진 가방에서 휴대전화를 꺼내 하루코 이모의 전화번호를 눌렀다. 바빠서 전화를 못 받을지도 몰랐지만 그런 생각을 할 겨를이 없었다. 다행히 하루코 이모가 금방 전화를 받았다.

"이모? 가에데인데."

내가 말하자 곧 답이 들렸다.

"가에데, 음성 메시지 들었어?"

그녀가 밝은 목소리로 물었다.

"응. 그것보다 지금 하루코 이모한테 묻고 싶은 게 있어서."

거기까지 말하자 다시 울컥하는 감정이 솟구쳤다. 잠시 입을 다물고 울고 있는데 하루코 이모는 전부 다 알아챈 모양이었다.

"울고 있니?"

"으으, 으응."

나는 애써 눈물을 거두며 웅얼거렸다. 우물쭈물하다가는 수습이 되지 않을 것 같아서 솔직하게 하루코 이모에게 물었다.

"엄마는 행복했을까?"

노숙자가 행복했을 리 없다. 하지만 확인을 해야 했다.

“그러게, 어땠을까? 하지만 마지막 모습은 굉장히 편안해 보였다고 했어. 나도 호스피스에 갔었잖니. 그때 말이야.”

이번에는 하루코 이모가 목이 메어 말을 멈췄다. 나는 가만히 다음 말을 기다렸다.

“그때 언니가 나한테 말했어. 다음 생에도 다시 가에데의 엄마로 태어나고 싶다고. 이 생에서 해 주지 못한 것이 너무 많아서 후회된다고. 그래서 다음 생에는 좋은 엄마가 되고 싶다고 했어. 가에데, 그 슈트케이스에 뭐가 들었어? 보물이 들어 있다고 하던데 그게 뭔지는 자세히 말해 주지 않았어.”

“나도 잊고 있었던 것이 들어 있었어. 아주 중요한 걸 알려줬어. 그리고 하나 더 물어볼 것이 있는데.”

“뭔데?”

“엄마의 유골 말인데, 정말 쓰레기통에 버렸어?”

그때는 정말 그렇게 하기를 바랐었다.

하루코 이모는 전화기에 대고 살짝 웃었다.

“나도 가에데 다음가는 언니의 피해자여서 정말 그렇게 해 버리려고 했는데.”

“응.”

“언니가 좀 끈질기니? 죽어서 귀신이라도 돼서 나타난다고 생각하면 끔찍해서 잘 모셔서 묻었어.”

이모는 장난스런 말투로 대답했다.

“다행이네. 정말 고마워.”

"참 이상하지. 생전에는 정말로 빨리 죽어 버렸으면 했는데 막상 죽고 나니 부처라도 된 건지 언니 어렸을 적에 착했던 모습이랑 함께 놀던 것들만 생각나더라."

하루코 이모는 또 울고 있는 것 같았다.

"먼저 죽는다는 건 참 몹쓸 짓이야. 남은 사람들에게 죽을 때까지 미안한 마음을 가지게 하니 말이야."

이모와 대화하면서 눈물이 점점 말랐다. 연어가 강을 거슬러 올라오는 광경을 멍하니 바라보며 말했다. 엄마 이야기가 점차 세상 살아가는 이야기로 변했다. 국제전화로 수다 떨 얘기는 아니었지만 엄마와 똑같은 이모의 목소리를 듣는 것만으로 행복한 기분에 빠져들었다.

"참, 나 결혼할지도 몰라."

갑자기 생각난 사실을 이모에게 알려 주었다.

"뭐? 다시 한 번 말해 봐."

들리지 않았을 리가 없었지만 이모가 원하는 대로 반복해 주었다.

"축하해!!!"

절규에 가까운 목소리가 울렸다.

"아직 확실하진 않은데."

아마 내 답은 이모에게 들리지 않았겠지만 일단 덧붙여 말해 두었다.

"축하할 일이네. 가에데, 정말 잘 됐다. 천국에서 네 엄마도 기뻐할 거다. 틀림없이."

하루코 이모의 말에 나도 모르게 눈시울이 뜨거워졌다. 어머니가 천국에 갔으면 좋겠다고 생각했다. 그렇게 거칠게 살았어도 하늘에 가서는 어떻게 해서든 천국의 문을 열고 비집고 들어갔으면 했다. 어머니라면 분명 아무렇지 않게 울타리를 넘어서 천국에 슬쩍 침입할 수 있을 것이다. 그곳에서 나를 지켜봐 주기를.

슈트케이스에 들어있던 종이를 주머니에 슬쩍 넣었다. 슈트케이스는 역에서 강철 냄비를 두드리던 초콜릿색 피부의 청년에게 선물할까. 이런 구닥다리 가방을 주는 것은 미안했지만 한편으론 그 청년이라면 어떤 용도로든 사용해 줄 것 같았다.

"그런데 가에데. 나무에 얽힌 말이라고 알아?"

하루코 이모와 얘기 중이었다는 사실을 무심코 잊고 있었다.

"나무에 얽힌 말? 그런 게 있어? 들은 적 없는데. 혹시 꽃말 같은 거야?"

"그래. 내가 도서관에서 그런 책을 빌려본 적이 있는데, 알아봤더니 단풍나무도 있더라."

하루코 이모가 하도 들떠 있어서 용기 내어 물어봤다.

"뭐라고 쓰여 있었는데?"

"있잖아."

이모는 한숨 돌리고 부드러운 목소리로 천천히 말했다.

"소중한 추억, 또는 아름다운 변화래."

뭉클한 느낌에 순간 말문이 막혔다. 어쩌면 하루코 이모가 작정하고 만든 말일지도 모른다는 생각을 하면서. 하지만 분명 그건 아닐 것이다.

"고마워."

눈물을 참으며 소리를 내서 말했다.

나는 분명 캐나다에 와서 변했다. 아름답고 밝은 빛이 쏟아지는 방향으로 마음을 돌릴 수 있었다. 그리고 소중한 추억을 다시 품에 안았다.

전화기 너머에서 하루코 이모가 울고 있었다.

"이모, 다음엔 다 같이 캐나다에 오자."

나는 애달픈 마음을 누르고 이모에게 말했다.

"캐나다는 내가 태어난 고향이니까."

연어도 본능적으로 자신이 태어난 곳으로 돌아온다.

"그때는 가에데의 남편도 데리고 가자. 괜찮다면 신혼여행을 캐나다로 가는 건 어때? 그래, 가에데. 캐나다의 섬에서 결혼식을 올리는 것도 좋겠다. 어쩌면 허니문 베이비가 태어날 지도 모르고."

하루코 이모가 들떠서 재잘댄다.

하지만 그렇게 될 수도 있겠다는 생각이 든다. 지금까지 내가 엄마가 된다는 것은 상상도 해 보지 않았다. 하지만 캐나다에서 기적이 일어났다. 나는 이제껏 거부했던 엄마를 받아들였다. 인생은 어떤 작은 계기로 크게 변화해서 정반대의 방향으로 굴러가기도 한다. 다시 태어난 기분으로 하루코 이모와의 통화를 마쳤다.

나는 하늘을 올려다보면서 나지막이 불러 보았다.

엄마.

아무리 기다려도 대답은 없었다.

하지만 그 대신 단풍잎이 반짝반짝 빛나며 흔들렸다. 마치 나에게 윙크를 하듯이.

공룡의 발자국을 따라서

나는 지금 과거에 공룡들이
당당하게 활보하던 그 대지 위에 누워 있다.
그것은 누군가의 심장 소리와 닮아서
쿵쾅쿵쾅 세차게 울리며 다가오더니 이내 멀어져 갔다.

기내식은 정말 맛이 없었다.

닭이냐 생선이냐는 물음에 망설인 끝에 생선이라고 답한 것이 화근이었다. 생선은 정체를 알 수 없는 재료를 써서 그런지 질 나쁜 화장실 휴지를 먹는 느낌이었다. 같이 나온 밥은 사프란 라이스(인도에서 카레나 치킨 요리에 곁들여 먹는 노란색의 쌀밥－옮긴이)도 아닌 것이 누렇기만 했다. 푸석푸석한 밥은 먹으려면 먹을 수는 있지만 기분이 언짢아졌다. 한 가닥 희망을 안고 빵을 먹어 봤지만 이것도 맛이 없기는 마찬가지였다. 요즘 세상에 이런 맛없는 빵이 있다는 것 자체가 놀라울 따름이었다. 간신히 중간이라도 하는 것은 샐러드에 들어있던 방울토마토뿐이었다.

거의 손대지 않고 남긴 기내식을 앞에 두고 망연자실했다. 이 비행기에 탄 것이 후회되기 시작했다. 오지 말았어야 했다. 물론 이렇게 된 것은 나의 의지에 따른 것이다. 그때 간다고 하지 말았어야 했다. 지금이라도 비행기에서 내려 일본으로 돌아가고 싶었다.

하지만 비행기는 이미 한국에서 중국을 향해 날고 있었다. 앞 좌석에 붙은 화면에는 어디선가 들어 본 적 있는 '천진'과 '대련'이라는 지명이 보였다. 목적지는 울란바토르의 칭기즈칸 공항이었다.

설마 내가 몽골에 가게 되리라고는 열흘 전까지만 해도 상상조차 하지 못했다.

"미미!"

그날 나는 삼 개월 만에 고향의 상점가를 걷고 있었다. 나는 지바에 있는 작은 항구 마을에서 나고 자랐다. 상점가라고 해도 대부분의 가게가 셔터를 반쯤 내린 상태였다.

이름을 부르는 목소리는 위쪽에서 들려왔다. 누군가 하고 올려다보니 무릎길이의 바짓단이 단단히 마무리 된 작업복을 입은 남자가 나를 향해 손을 흔들고 있었다. 하지만 토목업에 종사하는 인부 중에 아는 사람이라곤 없었다. 등 뒤에서 빛이 쏟아지고 있는 터라 누구인지 전혀 알 수가 없었다. 대놓고 누구냐고 묻기가 곤란해서 아무 말도 못하고 있는데 상대가 전봇대에 달라붙어서 큰 소리로 말했다.

"미미, 나라고. 네 동창생 나루야도 몰라보냐? 중학생 때 같이 놀았잖아."

나루야라니. 그 다카나시 나루야 말인가? 나는 입을 반쯤 벌리고 할 말을 잊은 채 서 있었다. 물론 나루야가 누군지는 알고 있다. 그것도 아주 잘 알고 있다. 그러나 내가 알고 있는 나루야와 눈앞의 전봇대에 가뿐히 올라 있는 나루야는 도무지 같은 사람으로는 보이지 않았다.

"나루야라면 대기업에 입사했다고 들었는데……."

나도 모르게 겨우 이렇게 중얼거렸다. 하지만 목소리가 너무 작아서 나루야에게는 들리지 않은 모양이었다.

"조금만 있으면 휴식 시간이니까 먼저 체리가든에 가서 기다려."

나루야의 입에서 낯익은 카페의 이름이 튀어나왔다. 그 시절에는 동경의 대상이었지만 이제는 촌스럽게 들린다.

나는 알아들었다는 의미로 머리 위로 양손을 둥글게 맞잡았다. 이런 곳에서 갑작스레 나루야와 재회하니 타임슬립 해서 옛날로 돌아간 듯한 기분이었다.

십오 분 정도 기다리자 드디어 나루야가 얼굴에 땀을 흘리며 체리가든에 나타났다. 얼굴만이 아니라 몸 전체에서 땀을 흘리고 있는 것 같았다. 보는 것만으로도 열기가 훅 하고 전해졌다. 그 기분을 읽었는지 목에 걸쳐 늘어뜨린 수건으로 연신 땀을 닦아가며 내게 다가왔다.

"땀내가 조금 날 테지만 참아 줘."

"많이 탔네."

어릴 때도 그렇게 약한 편은 아니었지만 눈앞에서 웃고 있는 나루야는 전혀 다른 사람이 된 것처럼 건강해 보였다. 내 기억 속의 나루야는 운동을 좋아하긴 했지만 늘 깔끔하고 훤칠한 멋진 남자였다.

"막노동을 해서 그렇지."

나루야가 웃었다. 외모는 확연히 달라졌지만 웃는 얼굴은 변함없었다. 순간 가슴이 옥죄어 올 만큼 그리운 마음이 일었다.

막노동이라고 웃어넘기는 나루야의 말투에 자조적인 느낌은 조금도 없었다. 다행이라는 생각이 들었다. 전해 들은 얘기에 따르면 나루야는 대기업 광고대리점에 취직했다고 했다. 그 말을 듣고 역시 나루야라고 생각했다. 그는 내가 다니던 중학교의 전교 회장이었고 그 후 현에서 가장 우수한 현립 고등학교에 진학했으며 가장 우수한 국립대학에 입학했다. 그런데 이렇게 막노동을 하는 인부가 되었다니.

듣고 싶은 얘기는 산더미 같았지만 우리에게는 그보다 더 중요한 이야기가 있었다. 그 일에 관해선 서로 암묵적인 이해가 있었다. 어릴 적 여럿이 어울려 다녔던 친구 중 한 명이 올봄에 자살을 했다. 아무렇지 않게 오랜만의 만남을 기뻐할 수 없는 처지였다. 나루야는 컵 속의 물을 한 번에 꿀꺽꿀꺽 마시고 나서야 살았다는 표정을 지었다. 먼저 말을 꺼낸 것은 나루야였다.

"역시 미미도 참석하는구나."

내가 고향으로 돌아온 이유를 살피는 낌새였다.

"나루야는?"

예전처럼 나루야라고 편히 부르다가 약간 불편함을 느끼며 물었다. 나루야가 다시 물을 마시고 싶어 해서 입을 대지 않은 내 컵을 나루야 앞으로 내밀었다.

"음, 원래 참석할 계획이었는데 갑자기 고향에 돌아갈 일이 생겨서 말이야. 이것저것 준비할 것이 좀 있어."

고향에 돌아간다는 표현이 잘 이해되지는 않았지만 할머니 댁에라도 가나보다고 생각하며 굳이 다시 묻지 않았다. 지금 여기서 샛길로 빠지면 평생 그 일에 대해 말할 수 없게 될지도 모른다는 기분이 들었다. 우리에게는 결연한 태도로 마주해야 할 문제가 눈앞에 떡하니 버티고 있었다.

"너무 갑작스러워서 정말 놀랐어."

사실은 이런 식으로 표현하고 싶지 않았는데.

"나도 그래."

"야마다랑은 자주 만났어?"

"나는 고등학교도 같았지. 하지만 대학에 입학하고 나서는 거의 본 적이 없어."

"나는 중학교 졸업하고 나서는 만난 적이 없는 것 같아. 아, 한 번은 길에서 스쳐 지나간 적이 있었네. 개가 여자랑 같이 있어서 눈인사만 하고 헤어졌지."

"그게 야마다를 마지막으로 본 거였구나."

"응. 그런데……."

자살이라니, 하고 마음속으로 중얼거렸다. 정체를 알 수 없는 무언가가 치밀어 올랐다. 같은 시절을 보낸 사람이 스스로 목숨을 끊었다는 사실이 스물두 살의 나에게 생각 이상으로 크게 다가온 것인지도 모른다. 그래서 지난 삼 개월 간, 나는 되도록 그 사실을 외면하며 생활해 왔다. 야마다가 자살했다는 소식은 본가로 전해졌고 어머니가 전화를 받았기 때문에 나는 아직 누구에게도 그 일에 대해 물어본 적이 없었다. 야마다에 대해 이야기하는 것은 나루야가 처음이었다.

"나도 처음에 들었을 땐 너무 충격 받아서 설마 그 녀석이 자살을 했을까 싶었지. 장례식에 갔지만 너무 괴로워서 얼굴도 보지 못했어. 그런데 관 속에 누운 녀석에게 인사도 못하고 온 게 너무 후회스럽더라고."

땀인지 눈물인지 구분이 안 갔지만 나루야는 연거푸 눈가를 수건으로 닦아냈다.

"나도 부고를 들었지만 장례식에는 결국 가지 못했어. 그날이 회사 입사식 전날이었거든. 장례식에는 못 갔으니 고별식(친족들이 주로 참석하는 장례식 이후 지인들과 함께 고인을 기리는 모임－옮긴이)에는 참석해야겠다는 생각이 들어서."

야마다는 내가 사회로 발을 내딛으려하기 직전에 자살했다. 하지만 장례식에 가려면 갈 수는 있었다. 사실은 귀찮아서였다. 제대로 된 상복도 없었고 급하게 싸구려 옷이라도 사려고 하니 그마저도 내키지 않았다.

"그렇게 친했었는데."

마음속을 꿰뚫어본 듯이 나루야가 낮게 웅얼거렸다.

"음. 나도 내가 참 야박한 인간이라는 생각이 들어서 스스로가 싫어지더라."

거기까지 이야기했을 때 나루야가 주문한 바나나 주스가 나왔다. 가게 주인은 우리들을 기억하지 못할 것이다. 같이 놀던 친구 중 한 명이 없어진다는 건 7년 전에는 누구도 상상하지 못했을 것이다. 야마다 자신마저도.

나루야는 가게에 걸린 뻐꾸기시계를 힐끔힐끔 보면서 바나나 주스를 단숨에 들이켰다. 빨대도 쓰지 않고 컵에 입을 대고 흡입하듯이 마셨다.

"미안하다, 미미. 나 현장에 가 봐야 해."

그가 다 마신 컵을 테이블에 놓고 급히 말했다. 입가에는 바나나 주스가 묻어 있었다.

사실은 나루야와 조금 더 이야기를 나누고 싶었다. 하지만 나루야를 붙잡을 핑계가 떠오르지 않았다. 그전에도 졸업 앨범을 뒤지면 본가의 연락처 정도는 알 수 있었겠지만 나는 그러질 못했다. 어떻게 해야 하나 망설이는데 나루야가 뜻밖의 말을 꺼냈다.

"만약 괜찮다면 우리 양부모님 만나러 같이 갈래?"

그러고는 카페 주인에게 펜을 빌려 테이블에 놓인 조금 젖은 냅킨에 연락처를 써서 건넸다.

"집 전화번호?"

"응. 휴대전화는 없어서."

"아직도 휴대전화가 없어?"

여러 의미를 담아 말했다. 나루야가 근처 공중전화로 내 휴대전화에 전화를 해 주었던 일이 문득 떠오른 것이었다. 그리고 다음 순간 나는 무작정 대답했다.

"그럼 가 볼까?"

양부모라니, 무슨 말이야? 어디에 살고 계신데? 나는 궁금한 건 전혀 묻지도 않고 나루야가 이끄는 대로 따랐다. 왜 그랬는지는 나도 잘 모르겠다. 내 맘속에 들끓는 우중충한 기운을 조금이라도 바꿔 보고 싶었는지도 모른다. 게다가 시간은 쓸데없이 많은 상태였다.

될 대로 되라는 심정이었다. 나는 중요한 말을 덧붙였다.

"그런데 나 말이야. 웃지는 않을 거야. 이제 평생 웃지 않기로 했거든."

이런 얘기를 입 밖으로 꺼내 누군가에게 전한 것도 나루야가 처음이었다. 며칠 전에 그렇게 하기로 결정하고 나서 실제로 전혀 웃지 않고 시간을 보냈다.

나루야가 화를 내거나 충고를 하거나 바보 같다고 놀리지나 않을까 생각했지만 그는 시원스레 "그래." 하고 답할 뿐이었다. 내 의도가 제대로 전달된 것인지조차 확실치 않았다. 그리고 나루야는 서둘러 현장으로 떠났다.

나는 체리가든의 창가에 앉아서 어릴 때는 써서 입에 대지도 않았던 블랙커피를 마시며 나루야의 뒷모습을 눈으로 좇았다. 우리에게 도대체 무슨 일이 일어난 것일까. 나루야는 대기업 광고대리점 일을 그만두고 고향에 내려와 막노동을 하는 사람이 되었다. 나는 학생 때부터 아르바이트를 하다가 간신히 정직원이 된 출판사에 며칠 전 사표를 제출했다. 직장인이 되어 일을 한 것은 겨우 삼 개월뿐이었다. 우리 세대는 역시 한심한 인간들의 집합체인 것일까. 애써 노력해서 바라고 바라던 편집자가 되었는데 정신을 차리고 보니 그 일을 내 손으로 때려치운 뒤였다.

그런데 나루야의 양부모가 몽골 사람이었다니……. 전혀 몰랐다.

야마다의 고별식을 서둘러 끝내고 본가로 걸어오는 길에 전화로 그 얘기를 처음 들었다.

"몽골?!"

초여름의 산책길에 내 목소리가 높게 울렸다.

"응, 몽골."

"양부모님이 몽골에 계신다는 말이야?"

거듭된 질문에도 나루야는 아무렇지 않게 대답했다.

"자세한 건 나중에 말하겠지만. 나, 반은 유목민의 피가 흐르고 있거든."

"유목민……."

너무 놀라서 목소리가 사그라졌다. 상상도 못했던 몽골이나 유목민이라는 단어가 나루야의 입에서 쉴 새 없이 쏟아지는 통에 어떻게 반응해야 좋을지 알 수 없었다. 하지만 나루야는 내 마음속에 가득한 당혹을 조금도 느끼지 못한 모양이었다.

"여름철에는 나리타 공항에서 울란바토르에 가는 비행기가 일주일에 두 대 있어. 나는 모레 비행기 표를 끊었어. 미미는 일주일 후 정도가 좋겠지? 그러면 나담(몽골의 국민 행사-옮긴이)

에도 맞을 테고."

몽골도 유목민도 생뚱맞은데 나담이라니 종잡을 수 없을 지경이었다. 하지만 나루야에게 이제 와서 못 가겠다고 할 수는 없었다. 나루야의 몽골과 유목민에 대한 애정이 확실히 느껴졌기 때문이다.

"그럼 먼저 가서 공항에 데리러 갈게."

나루야는 서둘러 전화를 끊었다. 아직도 여자와 전화로 얘기하는 것이 어색한 모양이었다.

이후로는 일이 척척 진행되어 나루야가 잘 아는 여행사 대리점에 부탁해 비행기 표를 싸게 구해 주었다. 그리고 그는 먼저 몽골로 떠났다. 나는 마지못해 가는 기분으로 짐을 챙겼다.

혼자서 하는 해외여행은 처음이어서 조금은 들뜬 마음이 들어도 이상하지 않건만 개운치 않은 기분은 사라지지 않았다. 누군가가 그런 데는 왜 가느냐고 묻는다면 나는 그 자리에서 몽골에 가는 것을 그만두었을 것이다.

하지만 마음 한 구석에는 아주 먼 곳으로 가고 싶다는 바람도 있었다.

멀리 떠난다. 나는 단지 그런 가녀린 희망을 품고 나리타 공항으로 가 혼자 비행기에 올랐다. 그런데 기내식은 맛이 없고 뒷좌석의 아이는 구관조처럼 떠들어댔으며 옆 좌석의 몽골 남자는 강렬한 향수 냄새를 사방으로 풍기는 진풍경을 연출했다. 생애 두 번째로 떠나는 해외여행은 총체적 난국이었다.

무사히 입국장을 통과해 짐을 찾아서 공항 출입구로 나가자 나루야가 마중을 나와 있었다. 처음에는 알아보지 못했다. 나루야가 번쩍이는 옷감으로 만든 나이트가운 같은 민족의상을 입고 있었기 때문이다.

"미미!"

큰 소리로 부르기에 돌아보자 나루야가 서 있었다. 그를 알아본 순간 긴장이 풀려서 엉겁결에 미소를 지을 뻔했다. 나는 퍼뜩 정신을 차리고 마음을 다잡았다. 바람 한 점 스며들지 못하도록.

"깜짝 놀랐어. 몽골 사람 같아서 전혀 못 알아봤어."

솔직하게 이야기하자 나루야는 옆에 선 작은 체구의 남자를 소개했다.

"그러니까 나는 몽골 사람이기도 하다고 했잖아. 얘는 내 소꿉친구야."

"잇쇼노 히미쓰입니다."

동안의 몽골 남자는 더듬더듬 서툰 일본어로 자신의 이름을 말했다.

"일생의 비밀?"

일본어로 그런 뜻이 되기에 되묻자 나루야가 대답했다.

"이 친구 이름은 몬후노츠라고 하는데 몽골말로 몬후가 일생, 노츠가 비밀이라는 뜻이야. 무척 드문 이름이긴 해. 그래서 히미쓰라고 부르지. 지금부터 우리를 차에 태우고 여러 장소를 안내해 줄 거야."

히미쓰는 나루야와 다르게 요즘 젊은 사람들의 패션 감각을 가지고 있었다. 누가 말해 주지 않으면 일본인이라고 해도 수긍할 수 있을 정도였다.

"히미쓰는 지금 음악대학에 다니고 있어."

나루야가 그에 대해 설명해 주었다.

"미미라고 합니다. 나루야의 친구예요. 잘 부탁드립니다."

나는 일본어로 또박또박 천천히 인사했다. 히미쓰는 수줍은 듯 웃으며 내가 가지고 온 무거운 가방을 한 손으로 가뿐하게 들어올렸다.

"차는 저쪽에 세워 뒀어요."

나루야를 따라 공항을 나섰다. 처음 본 몽골의 하늘은 놀랄 만큼 아름답고 은은했다. 신생아 용품에 자주 쓰이는 옅은 하늘색이었다. 넋을 잃은 채 하늘을 보며 걷고 있으려니 나루야가 마치 휘파람을 부는 듯 경쾌한 목소리로 가르쳐 주었다.

"몽골리안 블루라고 하지."

"몽골리안 블루."

나도 따라서 휘파람을 불듯 읊조려 보았다.

차를 타고 나루야의 양부모님을 만나기 위해 나섰다.

울란바토르의 거리는 상상했던 것보다 훨씬 번화했다. 많은 슈퍼마켓이 있고 중심부로 향할수록 커다란 간판이 여기저기 서 있었다. 개중에는 고급 브랜드의 간판도 있었다. 멋대로 아주 한적한 거리를 상상하고 온 탓에 모든 것이 놀라울 따름이었다.

"모두 참 화려하네."

길을 걷는 사람들은 꼿꼿한 자세에 흰색과 검은색을 기본으로 한 옷을 멋지게 차려입었다. 몸에 달라붙는 패션이 유행인지 좋은 몸매가 한층 더 잘 살아난 모습이었다.

"요즘에 델을 입다니 촌스럽기 그지없지."

활짝 열린 창문으로 들이치는 바람을 온몸으로 맞으며 나루야가 눈을 가늘게 떴다.

"델이라니?"

"지금 내가 입고 있는 민족의상."

"나루야에게 잘 어울린다고 생각했는데."

"미미가 그렇게 말해 주니 고맙네. 가슴 부분이 주머니여서 뭐든지 집어넣을 수 있으니 유목민 생활에 딱이지."

나루야의 입에서 나온 단어는 바람에 실려 날아가 금새 과거의 것이 되어 버렸다. 모래 먼지가 심하게 날려 주머니에서 손수건을 꺼내 입과 코를 막았다.

"울란바토르는 인구가 늘어서 대기 오염이 심각해."

다시 시내를 바라보는데 건물이 파스텔 톤이어서 어쩐지 유럽의 풍경을 보는 듯했다. 간판에 쓰인 문자는 마치 러시아어 같기도 했다. 그때 나루야가 히미쓰에게 몽골말로 무언가 이야기했다.

나루야가 몽골말을 하는 것은 처음 들었다. 그 모습을 보고 있자니 나루야가 몽골에서 자랐다는 사실이 실감이 났다.

"나루야는 언제까지 몽골에 살았어?"

소란스런 바람 소리 때문에 목소리가 잘 들리지 않아서 목청을 높여 물었다.

"어려운 질문인데. 계속 있었다기보다는 왔다 갔다 했거든. 간단히 말하자면 우리 어머니는 예전에 몽골 약초를 조사하려고 여기 왔거든."

"나루야의 어머니가? 지금 대학에 계시잖아."

나루야의 어머니는 친구들 사이에서도 유명한 존재였는데, 특히 남자 친구들은 수업 참관이 있으면 나루야의 어머니를 훔쳐보려고 은근히 모여들었다.

"응. 지금은 이렇게 자유롭지만 당시 몽골은 아직 사회주의 시대여서 그렇게 쉽게 입국할 수 없었던 것 같아. 그래도 어머니는 하겠다고 정하면 직진하는 분이어서 관광 목적이라고 속이고 이따금 몽골에 들어왔다고 해. 하지만 가고 싶은 곳에 맘대로 갈 수는 없고 보통은 가이드라는 이름으로 감시자가 따라붙는 여행이었대. 하지만 가이드와 점점 친해져서 정해진 코스가 아닌 곳에도 데려가 주곤 했고. 그러다 어느 날 유목민과 사랑에 빠져서 내가 태어난 거지."

"대단한데? 동화 같아. 다 어머니한테 들은 얘기야?"

"그건 뭐, 본인이 아니면 알 수 없는 얘기니까."

"그럼 지금 만나러 가는 건 나루야 아버지의 부모님인 거야?"

"아니. 그런 건 아닌데. 당시는 휴대전화 같은 게 없었잖아. 어머니는 다음 해에 아버지를 만나러 갔지만 유목민들은 이동하면서 생활하는 사람들이니 어디론가 가 버려서 만날 수가 없었대. 그래서 지금 만나러 가는 건 아버지와는 상관없지만 어머니가 몽골에 올 때마다 크게 신세를 졌던 부부야. 어머니는 나를 낳고도 계속 몽골에 왔었어. 내가 세 살인가 네 살이 됐을 때 몽골이 민주화되었지.

유치원 다닐 때는 어머니가 여기 올 때마다 나를 데리고 와서 그 부부가 사는 곳에서 홈스테이를 했어. 초등학교에 입학해서도 봄방학이나 여름방학, 설 연휴면 반드시 몽골에서 보냈지. 내가 혼자서 비행기를 탈 수 있게 되고 나서는 데리고 가 주는 사람 없이 나 혼자서 왔고. 그때부터 히미쓰 무리들과 어울리게 됐어. 히미쓰는 지금 만나러 가는 사람들, 즉 나를 키워 준 양부모의 둘째 아들의 아들이야."

"나루야는 정말 몽골에서 자랐구나."

감탄의 의미를 더해서 강조했다.

"그래. 내겐 유목민의 피가 흐르고 있다니까."

나루야는 목소리를 높였다. 그동안 차는 비포장도로를 덜컹거리며 달리기 시작했다. 몸이 튀어오르듯 흔들려서 대화를 나눌 수 없었다. 나는 손잡이를 꽉 쥐고 차체에 딱 달라붙었다. 낮은 산 같은 언덕이 계속 이어지고 달리고 달려도 바깥 경치는 바뀔 줄을 몰랐다.

밖을 내다보니 멀미가 날 것 같아서 눈을 감아 버렸다. 히미쓰는 아랑곳하지 않고 침착하게 운전대를 쥐고 있었다. 도로가 있는 것도 아닌데 차는 목적지를 향해서 열심히 달려갔다. 길을 헤매고 있는 것은 아닐까 싶어 불안했지만 어쩐지 그런 것 같지는 않았다.

"여기에서 잠깐 쉴까?"

나루야의 말에 정신이 들었다.

"미미, 잘 잤어?"

잘 생각은 없었는데 나도 모르는 사이에 깜빡 졸았던 것 같다. 차의 흔들림에 맞춰 내장이 완전히 뒤섞여 버렸다.

"밖에 나가면 기분이 좀 나아질 거야."

나루야가 말하는 대로 차 문을 여는 순간 차가운 공기가 뺨을 스쳤다.

"으, 추워!"

밖으로 나가서 양팔을 쭉 펴고 숨을 깊게 들이켰다.

눈앞에 펼쳐진 것은 광활한 초원이었다. 목적지를 잘못 찾아서 달의 표면에 서 있는 기분이었다. 우리들 이외에 사람은 없었다. 태양은 곧 잠들 듯했다. 주변은 옅은 어둠에 잠겨 있다.

"봐. 저기 양떼가 있어."

나루야가 먼 언덕을 가리켰다. 하지만 나는 알아볼 수가 없었다.

"희고 검은 얼룩처럼 보이는 저 덩어리 말이야."

나루야가 가리키는 것은 아주 먼 곳에 있는 한 점이었다.

"남자아이가 양떼를 몰아서 울타리에 넣으려고 하네."

"나루야는 잘 보이나 봐."

나는 요즘 몇 년간 시력이 완전히 나빠졌다.

"미미도 여기서 먼 곳을 보고 있으면 눈이 좋아질 거야."

"그런데 앞으로 얼마나 가야 도착하는 거야?"

슬슬 화장실에 가고 싶어졌다.

"음, 그건 몽골 사람에게는 통하지 않는 질문인데. 도착할 때가 되면 도착할 테지."

"하지만."

내가 머뭇거렸다.

"만약 화장실에 가고 싶으면 어차피 여기선 하늘을 지붕 삼을 수밖에 없으니까 아무데서나 해결해도 상관없어."

나루야가 활짝 미소 지으며 대답했다. 그 말을 듣는 순간, 조금 전까지 화장실에 가고 싶었던 마음이 쏙 들어가 버렸다.

"이 주변이라니, 이렇게 훤히 다 보이는 곳에서 말이야?"

건너편 언덕을 넘으려면 시간이 많이 걸릴 것 같았다.

"아냐, 그렇지도 않아. 평지로 보이지만 미묘한 기복이 있어서 의외로 잘 보이지 않는다고. 나도 히미쓰도 다른 곳을 보고 있을 테니 걱정 마. 이제부터 가는 길은 더 울퉁불퉁할 거야."

"알았어."

나는 어쩔 수 없이 언덕 쪽을 향해서 걷기 시작했다. 나루야는 이 주변이라면 괜찮다고 했지만 역시 내키지 않았다. 언덕 너머에 가서 해결할 생각이었다. 하지만 아무리 걸어도 언덕은 가까워지지 않았다. 뒤를 돌아보니 차에서 상당히 멀리 와 있었다. 차 옆에 나루야와 히미쓰의 윤곽이 희미하게 보였다.

두 사람은 장난치면서 씨름이라도 하는 것 같았다. 두 사람의 탄성이 초원에 울려 퍼졌다. 나는 풀숲 가운데에 움푹 팬 곳을 발견하고 거기에서 급한 용무를 해결했다. 고개를 들어 하늘을 보자 하늘이 분홍색으로 물들어, 저녁이면 가장 먼저 보이는 별이 빛나고 있었다. 어린 시절 이후 처음으로 이렇게 하늘을 보며 소변을 누고 있으려니 생각보다 상쾌해서 기분이 좋아졌다. 다시 차로 돌아가 나루야의 양부모님을 만나기 위해 달리기 시작했다.

차에서 밖을 내다보고 있을 때였다.

"우왓!"

너무 놀라는 바람에 이상한 소리를 내 버렸다.

"왜 그래?"

나루야가 뒤를 돌아보았다.

"방금 시체 같은 게 있었어. 절반은 뼈만 남아 있었지만."

순간 스치면서 보았지만 꽤나 커다란 생물체였다. 그런 것이 아무렇지 않게 굴러다니고 있었다. 만일 도쿄 시부야에 이런 일이 생긴다면 엄청난 소동이 일어났겠지.

"조금 전 그건 수말이야."

나루야는 그렇게 말하더니 히미쓰에게 몽골어로 뭐라고 얘기했다. 두 사람은 키득키득 웃었다. 나루야는 다시 나를 돌아보았다.

"만약에 미미가 보고 싶다면 아까 거기로 다시 가 준다고 하는데."

"괜찮아."

나루야가 아니라 히미쓰를 보면서 힘주어 말했다. 보고 싶을 리가 없잖아. 그냥 놀랐을 뿐인데.

"모든 생물은 죽으면 흙으로 돌아가지. 요즘은 화장이 유행이지만 예전에는 사람도 모두 저렇게 땅 위에 놓인 채 자연으로 돌아갔어. 미미는 조장(鳥葬)이라는 거 들어 봤어?"

"조장?"

"응. 새가 시체를 쪼아 먹게 두는 장례 방식이라고 해서 조장이야. 나도 죽으면 되도록 그렇게 하고 싶어. 하지만 요즘은 사람이 먹는 것에도 여러 방부제가 들어 있잖아. 그래서 새도 먹지 않는다는군."

나는 내가 죽는다는 생각은 아직까지 해 본 적이 없었다.

"하지만 그것도 괜찮은 생각 같네."

처음 동물의 해골을 봤을 땐 섬뜩했지만 저렇게 자연스럽게 마지막을 맞이하는 것도 그런대로 행복할 지도 모르겠다. 적어도 야마다처럼 죽음을 맞는 것보다는 나을 거라는 생각이 훅

끼쳐오는 바람처럼 마음 한구석을 훑고 지나갔다.

야마다는 전철에 뛰어들어 목숨을 끊었다. 몸이나 얼굴도 엉망진창으로 갈기갈기 찢겼을 것이다. 그보다는 말의 사체가 훨씬 건전하게 느껴졌다. 하지만 이런 생각은 나루야에게 말하지 않았다. 나루야도 같은 생각을 하고 있을지도 모르지만.

"이제 조금 있으면 도착한대."

히미쓰가 몽골말로 얘기하는 것을 나루야가 통역해 주었다. 이미 날은 거의 저물어 있었다. 이곳은 길을 밝혀 주는 가로등 같은 것은 아예 존재하지 않았다. 길 자체가 없었다. 밤이 되면 깜깜해져서 운전을 한다는 것 자체가 불가능해 보였다. 표지판도 없이 지구 위를 떠도는 셈이 될 테니까.

차는 어느 지점에서 멈춰 섰다. 눈앞에 하얀 텐트로 덮인 고깔 모양이 우뚝 서 있었다. 이것이 게르라는 몽골 전통 이동식 천막집일 것이다.

차가 멈춰서는 소리를 들은 것인지 게르에서 중년 여성이 나타났다. 중년 남성도 뒤따라 나왔다. 차에서 내리는 나루야를 본 두 사람은 흥분한 듯 목소리를 높이며 키 큰 나루야를 덥석 껴안으려다가 매달리는 자세가 되었다. 진짜 가족과 같이. 아니, 진짜 가족 이상으로 보였다. 나는 그런 따스한 가족의 울타리에 들어설 타이밍을 놓쳐서 어두운 초원에 홀로 우두커니 서 있었다.

이윽고 나루야가 나의 존재를 깨닫고 손짓했다.

"미미!"

그가 큰 목소리로 불러 천천히 다가가자 몽골에서 자신을 키워 준 부모에게 몽골말로 나를 소개하는 듯했다.

"어서, 오세요."

나루야의 아버지가 서투른 일본어로 말하자 어머니가 나의 뺨을 양손으로 감쌌다.

"추워지니까 다들 어서 안으로 들어가요."

나루야가 게르의 문을 열어 주었다. 등을 구부려 문을 지나자 안은 깜깜했다. 아직은 밖이 더 밝았다. 유일하게 천장에 동그란 창문이 뚫려 있어 진한 푸른색의 밤하늘이 보였다. 이것이 집이라는 사실에 놀랐다. 하지만 안으로 들어와 보니 밖에서 보는 것보다 넓게 느껴졌다.

"미미가 와서 부모님이 굉장히 기쁘다고 하셔."

어둠 속에서 간신히 윤곽만 보이는 나루야는 머리카락을 손으로 정리하고 있었다. 곧 어머니가 따뜻한 차를 들고 왔다. 아버지가 손을 뻗어 스위치를 누르자 천장에 늘어뜨린 알전구에 불이 켜졌다. 일본에서 쓰는 소형 전구만 한 크기였는데 자그맣게 빛을 밝혔다. 아마 전기가 귀한 듯했다. 어머니가 내어 준 차는 옅은 밀크티와 비슷했는데, 살짝 소금 맛이 느껴져서 차보다는 스프처럼 느껴졌다.

그 후 아버지는 들뜬 기분에 몽골말로 뭔가 열심히 설명했다. 어딘가에서 술병을 들고 나와 나루야에게 마시라고 주었다. 문득 생각이 나 살펴보니 히미쓰는 자리에 없었다. 아까 들은 얘기에 의하면 히미쓰는 나루야의 양부모님의 손자이다.

내게도 술을 한 잔 주셔서 한 모금 마시니 뱃속에서 불이 나는 것 같았다.

"여기 사람들은 아르히라고 불러. 말하자면 워커 같은 거지."

나루야는 다리를 쭉 뻗더니 가부좌를 틀고 완전히 제 집에 온 양 편안히 앉아 있었다. 어머니는 침대 위에 도마를 놓고 어두컴컴한 중에도 음식을 만들기 시작했다. 나루야가 벌떡 일어서더니 난로 연료에 불을 붙였다. 게르 안이 갑자기 따뜻해졌다. 술을 마셔서 기분이 좋아 보이는 아버지는 손뼉을 치면서 노래를 부르기 시작했다.

이따금씩 나루야도 함께 노래를 불렀다. 나는 아직도 혀끝에 남은 아르히의 여운을 맛보면서 세 가족을 넋을 잃고 바라보았다. 어머니는 아까부터 뭔지 모를 채소를 열심히 썰고 있다.

긴 여정에 피곤했는지 나루야가 몸을 흔들자 정신이 번쩍 들었다. 앉아서 꾸벅꾸벅 졸았던 모양이다.

"미미, 식사 준비가 다 됐대."

주변은 아까보다 더 어두워져 있었다. 알전구가 켜져 있었지만 거의 제 역할을 하지 못했다. 시선을 모아 잘 살펴보니 작은 테이블에 식사가 준비되어 있었다. 내 것으로 보이는 밥이 가슴 모양으로 틀에 찍어낸 듯 동그랗게 담겨 있고 중앙에는 빨간 케첩이 유두처럼 뿌려져 있었다. 그리고 밥으로 만든 가슴을 에워싸듯이 볶은 고기 반찬이 듬뿍 곁들여져 있었다. 휙 둘러보니 볶음이 놓인 것은 나와 나루야뿐이었고 양부모 두 분은 밥만 놓여 있었다.

기내식을 거의 다 남긴 탓에 배가 너무 고팠다. 그러나 볶음을 한입 먹는 순간 식욕이 아예 달아나 버렸다. 어머니가 힘들게 만들어 준 것이라는 생각이 들자 미안한 마음이 들었다.

한 손으로 들면 무겁게 느껴질 만큼 그릇 가득 담은 밥과 반찬을 앞에 두고 어찌할 바를 몰랐다.

"보통 유목민들은 거의 채소를 먹지 않지만 오늘은 우리가 와서 일부러 옆 마을까지 가서 채소를 사왔대."

느릿느릿 젓가락질을 하고 있는 나의 옆자리에서 나루야가 씩씩하게 밥을 먹고 있다.

"채소를 안 먹어도 괜찮나?"

작은 목소리로 속삭이듯 물었다.

"아버지의 아버지는 평생 채소를 한 번도 먹지 않고 돌아가셨대. 그 대신 동물의 내장을 먹든지 치즈나 요구르트 같은 유제품을 가지고 보충하고 있나 봐. 먹고 있는데 말하긴 좀 뭣하지만 고기도 섬유질 성분이 있어서인지 신기하게도 여기 사람들은 변비에 걸리지 않아."

나루야가 차분히 설명해 주었다.

"평생 채소를 먹지 않는다니, 미미는 믿기 어렵겠지만."

나루야와 얘기하면서 어떻게든 반 정도는 먹을 수 있었다.

무슨 고기인지는 알 수 없었지만 고기 자체에 특유의 향이 있어서 감자와 양파 같은 다른 채소의 맛이 잘 느껴지지 않았다. 고기를 제외하면 그 외에는 먹을 수 있을 것 같았지만 어두워서 구분이 되지 않았다. 이제 더 이상은 먹을 수 없다고 생각하면서도 반이나 남기기도 미안한 마음에 어찌할 바를 모르고 있었다.

"미미, 벌써 배부른 거야?"

나루야가 도움의 손길을 내밀었다.

"오늘 기내식을 너무 많이 먹었나 봐."

거짓말로 적당히 핑계를 댔다.

"그럼 내가 먹어도 되지?"

나루야가 쾌활하게 말하면서 나의 그릇에 손을 뻗었다. 고개를 들어보니 양부모님이 나를 뚫어져라 쳐다보고 있었다. 내가 지어낸 거짓말을 다 알아채고 있는 것 같아서 양심에 찔렸다.

"잘 먹었습니다."

그렇게 인사를 하며 빈 그릇을 테이블 한쪽에 놓았다.

나루야가 다 먹고 나자 어머니는 능숙하게 뒷정리를 시작했다. 이제 모두 잘 준비를 하는 것 같았다. 아버지도 옷을 갈아입었다. 나는 이를 닦으려고 밖으로 나왔다.

태양의 여운도 완전히 사라져 하늘은 짙은 남색의 어둠에 휩싸였다. 그리고 무수히 많은 별들이 사방에 흩뿌려져 있었다. 별이란 것이 이렇게 많을 줄이야. 도쿄의 밤하늘은 별이 보이지 않는다. 마음의 표면을 뒤덮고 있던 막 같은 것이 한 겹 슬쩍 벗겨진 기분이었다.

게르에서 조금 멀어지자 밤하늘이 한층 더 선명해졌다. 마침 나루야가 게르에서 나오는 것을 보고 큰 소리로 말했다.

"대단해. 이렇게 별이 가득한 밤하늘이라니. 한 번도 본 적 없어."

"그렇지? 여기 계속 있다 보면 익숙해지지만. 일본에서 막 와서 보면 감탄사가 절로 나오지."

밤하늘을 바라보는 것만으로 마음이 깨끗이 비워졌다. 몸이 조금씩 부서져 모래알처럼 작은 알갱이가 되어 별들 사이로 흩어져 사라지는 기분이었다. 나는 뭔가에 이끌려 휘적휘적 서성이듯 걸었다. 너무 흥분한 나머지 현기증이 일어날 정도였다.

"너무 멀리 가진 마!"

등 뒤에서 나루야가 소리쳤다.

"알고 있어!"

애매하게 대답하면서 뒤를 돌아보자 생각한 방향과는 전혀 다른 곳에 게르의 실루엣이 작게 보였다.

그 자리에 웅크리고 앉아 이를 닦았다. 나리타 공항에서 네 시간 반이 걸리는 거리였다. 겨우 그 정도 시간을 들이면 이런 대자연의 한가운데에 다다를 수 있다. 그것이 굉장히 묘하게 느껴졌다. 페트병에 든 물로 입을 헹구고 몽골에 와서 두 번째로 야외에서 소변을 보았다.

쉬익, 하고 시원스레 소변을 보면서 올려다본 밤하늘은 그야말로 장관이었다. 그만둔 회사의 상사에게 오줌을 뿌려 버리고 싶은 기분이었다.

게르로 돌아오자 이미 모두가 잘 준비를 마친 상태였다. 나루야는 식사를 한 테이블을 옆으로 치우고 그곳에 이부자리를 폈다. 나도 이불을 펴야 하나 생각하는데 어머니가 침대를 가리켰다. 그리고 어머니는 아버지의 침대로 가서 옆에 붙어 누웠다. 서둘러 적당한 옷으로 갈아입고 이불 속으로 들어갔다. 짐승의 체취가 심했다.

"안녕히 주무세요."

나루야가 낮은 목소리로 인사하며 소형전구를 껐다. 엎드려 누워 보니 침대가 약간 휘어 있었다. 이런 침대에서 푹 잘 수 있을지 불안했다. 게다가 좁은 침대에서 자는 부모님도 신경 쓰였다. 두 사람의 정확한 나이는 모르지만 그렇게 많아 보이지는 않았다. 만일 두 사람이 분위기에 취하면 어떡하나 하는 생각이 들자 그만 뒤숭숭해지고 말았다. 하지만 그런 생각도 처음뿐이었다. 바람에 게르의 텐트가 나부끼는 소리를 자장가 삼아 이내 잠이 들었다. 그리고 정신을 차렸을 땐 이미 날이 밝아 있었다.

아직 아무도 일어나지 않은 것 같았다. 나는 가능한 한 소리를 내지 않도록 조심하면서 살짝 게르를 빠져나왔다. 동쪽 하늘에서 태양이 막 떠오르려 하고 있었다. 아침 햇살에 눈부심을 느끼며 게르 주위를 한 바퀴 돌자 내가 잠을 잤던 게르 옆에 어제는 보지 못했던 다른 게르가 하나 있었다. 옆이라고는 하지만 거리가 이삼백 미터는 족히 떨어져 있었다. 어슬렁어슬렁 걸어가 보니 말을 돌보고 있는 히미쓰가 있었다.

"좋은 아침이에요." 하고 뒤에서 살짝 말을 걸었다.

"잘, 잠, 잤어요?"

그가 일본어로 더듬더듬 대답했다.

"네."

짧게 대답하자 히미쓰는 빙긋 웃으며 다시 말을 쓰다듬었다. 머리 꼭대기에 난 털을 손가락으로 훑더니 세 갈래로 땋아 묶었다. 일본에서는 이런 헤어스타일을 한 말은 본 적이 없었다. 신기한 광경에 히미쓰의 손을 눈여겨보았다.

"말, 예뻐요."

그가 자신 없는 듯 어설픈 말투로 또 말을 걸었다. 동의하는 대신 눈앞의 말을 넋을 잃고 바라보았다. 말은 정말이지 아름다웠다. 특히 눈동자가 그랬다. 모든 진실을 꿰뚫어볼 것 같은 맑고 검은 눈동자. 그러면서도 조금도 비판적이지 않은 상냥하고 상냥한 눈빛을 하고 있다.

히미쓰가 영어를 할 수 있는지는 알 수 없지만 '좋은 하루 되세요'라고 영어로 말해 보았다. 그는 무슨 뜻인지 아는지 한 손을 들며 웃었다. 게르로 돌아가자 어머니가 일어나서 내가 사용한 침대 위의 이불을 개고 있었다. 나루야와 아버지는 아직도 잠에 빠져 있다. 혈연관계도 아닌데도 두 사람의 잠든 얼굴이 왠지 닮아서 재미있었다.

어머니가 "미사키!" 하고 부르기에 밖으로 나갔더니 양동이를 들고 서 있었다. 어제는 몰랐는데 근처에 개울이 흐르고 있었다. 거기까지 물을 길으러 가자고 하는 듯했다.

개울이 있는 곳까지 걸어가면서 어머니가 살며시 손을 잡았다. 내 어머니와 마지막으로 손을 잡은 것이 언제였던가. 어머니는 내가 중학생이 되던 해에 지금의 남편과 재혼했다. 그때부터 나와 어머니는 서먹서먹해져 버렸다. 어떤 의심도 없이 천진난만하게 어머니의 손을 잡고 걸었던 것은 아주 오래전, 마치 태어나기도 전의 전생의 기억처럼 느껴졌다.

가깝다고 생각했던 개울은 눈으로 보던 것보다 훨씬 멀었다. 신기루처럼 걷고 걸어도 거리가 좁아지지 않는 듯한 착각에 빠졌다. 말이 통하지 않으니 어머니의 손을 잡고 말 없이 걸었다. 태양을 등지고 걸었더니 등줄기가 욱신욱신 저리듯 뜨거워졌다. 올해는 몽골도 이상 기후로 최고 기온이 40도에 이르렀다고 들었다. 아침에도 이렇게 뜨거우니 한낮이 되면 얼마나 더울지 생각하면 앞일이 걱정되었다.

간신히 개울가에 도착해서 국자로 물을 펐다. 일본에서는 어지간히 깨끗한 물이 아니면 개울물을 길어서 사용하는 것은 있을 수 없는 일이다. 하지만 이것이 몽골에서는 평범한 일상이었다. 상류에서 누군가가 물을 더럽히면 그 물을 길어서 생활하는 모든 사람들의 생활에 영향이 미친다. 하지만 보기에는 무척 맑은 물이었다.

어머니와 둘이서 가장 큰 물통을 들고 각각 남은 빈손에 작은 양동이를 하나씩 들었다. 모두 합쳐 세 개의 물통을 들고 가는데 맞은편에서 나루야가 당황한 모습으로 달려왔다. 그가 큰 소리로 뭐라고 말하자 어머니가 멈춰 서더니 양동이를 내려놓았다. 나도 똑같이 양동이를 내려놓고 기다렸더니 나루야가 우리가 들고 온 양동이를 모두 들고 함께 걷기 시작했다.

"안 무거워?"

걱정스런 마음에 물었다.

"이러려고 일본에서 막노동해서 단련했는데 뭐. 이까짓 것쯤이야!"

이를 악물고 힘주어 말하면서 빠르게 걸어간다. 그 모습을 보고 어머니가 웃었다. 나도 그만 웃음이 나와 얼굴 근육을 팽팽히 당겼다.

시야에는 나무 한 그루 보이지 않아 하늘을 가로지르는 태양의 경로가 눈에 들어왔다. 태양 빛을 가리는 것이라곤 아무것도 없고, 오로지 게르만이 그늘을 드리우고 있었다.

게르 안으로 들어가자 그제서야 아버지가 자리에서 일어났다. 어머니와 나루야가 드럼통 같은 난로를 밖으로 옮기고 거기에 냄비를 걸고 방금 길어 온 물을 끓였다. 게르가 만들어 준 그늘에 어머니와 둘이서 몸을 피하듯 나란히 서서 물이 끓기를 가만히 기다렸다. 갓 구운 비스킷과 밀크티, 건빵 등으로 간단한 아침식사를 마쳤다. 의자와 테이블을 밖으로 옮겨서 먹었더니 마치 소풍을 나온 기분이었다. 바로 앞으로 양과 산양 떼가 지나갔다. 말을 타고 양떼를 모는 사람은 히미쓰였다. 좀 전에 갈기를 세 갈래로 땋아 준 말이 아닌 검은 말을 타고 있었다. 거칠게 날뛰는 말을 몇 번이고 채찍으로 때리며 길들였다.

"저렇게 길들이지 않으면 말이 사람을 무시해서 내동댕이쳐 버리거든."

나루야는 비스킷에 잼을 잔뜩 발라 입에 넣었다.

"나루야도 말 탈 줄 알아?"

나도 따라서 바삭바삭한 비스킷을 깨물며 그에게 물었다. 어제 밥을 거의 먹지 못해서 배가 너무 고팠다. 비스킷은 일본과 맛이 크게 다르지 않아서 먹을 만했다.

"뭐야, 나를 뭐로 보고. 이러면 곤란하지."

내 말에 나루야는 입을 삐죽 내밀었다.

"말 타는 거, 어렵다고들 하니까."

거리가 꽤 멀었는데도 히미쓰가 말을 모는 소리가 들려왔다.

"여기 사람들은 말을 알아들을 나이가 되면 아이들을 말에 태워."

"말을 알아듣는다니, 대여섯 살 정도?"

내가 묻자 나루야는 부모님에게 능숙한 몽골말로 뭐라고 물었다.

"나는 네 살부터 탔다고 하네."

"네 살이라니. 아직 아기잖아."

"빠른 애들은 세 살부터 태운다고."

"대단하다. 그런데 말에서 떨어지기도 할 거 아냐."

"응. 그래서 몸이 불편한 아이들도 생기지만 그건 백 명 중 하나 정도지."

그런 이야기를 들으니 갑자기 두려워졌다.

"요즘에는 미미처럼 걱정 많은 부모들이 늘어서 도시 사람들은 아이를 말에 태우지 않아. 유목민인데 말을 못 탄다니 이상한 얘기지."

"그러면 이동은 어떻게 해?"

소박한 질문이었다.

"지금은 시대가 달라져서 유목민도 말보다는 차를 타고 싶어 하지."

나루야는 조금 불만스런 표정을 지었다.

"봐. 저기 스쿠터가 있잖아."

일본말이라서 부모님이 알아들을 수 없을 텐데도 나루야는 그들이 듣지 못하게 작게 말하면서 손가락으로 한 곳을 가리켰다. 비닐 시트에 덮인 스쿠터가 있었다. 광활한 초원과 스쿠터는 왠지 어울리지 않았다.

"이십 년 전에 민주화가 되고 자본주의가 밀려들기 시작해서 여기 사람들도 일본과 마찬가지로 돈이 중요하다는 가치관을 갖게 됐지. 지금은 유목민이 되기 싫어하는 젊은이들이 늘어서 점점 도시로 모여들고 있어. 그래서 도시가 과밀현상을 보이고 있지. 쓰레기 문제나 대기오염도 정말 심각해. 여긴 아직 없지만 텔레비전도 보급되고 있어서 다음 날 날씨도 일기예보를 보고 알아. 원래 유목민은 자연을 관측하는 눈이 뛰어나서 몇 년 뒤 풀의 상태가 어떨지 판단하면서 이동한다든지 하늘과 땅, 생물들로부터 다양한 정보를 얻어서 생활에 적용해 왔는데 말이야. 그래서 성격 급한 친어머니는 그런 유목민에 싫증이 나서 몽골에서 멀어졌어. 하지만 나는 아직 희망을 버리지 않았고."

나루야가 여기까지 말하자 어머니가 그에게 말을 걸었다. 그러자 나루야는 말을 직접 내게 전달하지는 않고 조금 무뚝뚝하게 말했다.

"이제 둘이서 어디라도 다녀오라고 그러는데."

나루야의 태도가 조금 이상하다고 느낀 순간 그가 말했다.

"아무래도 두 분은 나와 미미의 관계를 오해하고 계신 것 같아……."

나루야가 어색한 듯이 고개를 숙였다. 어떤 부모라도 성인인 아들이 집에 여자를 데리고 오면 오해를 하는 것이 당연했다. 이 점에 대해 생각이 전혀 없었다면 거짓말이겠지만 나루야 앞에서는 억지로 생각하지 않는 것처럼 행동해 왔다.

"여기는 그저 널따란 초원밖에 없는데."

그가 멋쩍은 듯 말하자 내가 애써 밝게 대답했다.

"산책이라도 좀 하지 뭐. 저기 언덕 위까지 가 보고 싶기도 하고."

내 의견을 받아들인 나루야는 어머니에게 다녀오겠다고 알렸다.

어머니는 내게 간단한 먹을거리를 싸 주었다. 안에는 사탕과 비스킷 등이 가득 들어 있었다. 모자를 쓰고 밖으로 나가려는데 아버지가 나를 급히 불러 세우고는 얼굴에 크림을 발라주었다. 선크림인 듯했다.

"여긴 남자들밖에 없는데 여자애가 와서 아버지가 좀 들뜬 것 같아."

나루야가 조금 쑥스러운 듯 말했다. 그렇게 말하는 그의 뺨에도 아버지가 열심히 선크림을 발라 주었다.

"난 됐다니까."

피하는 나루야를 놀리기라도 하듯이 크림을 듬뿍 묻혔다. 나루야가 양손으로 크림을 펴 바르니 옅은 화장을 하고 축제 행렬에 참가하려는 아이 같았다. 얼굴에 입술연지만 바르면 완전히 오카마(여장 남자)였다.

"이런 냄새 정말 싫어."

나루야가 오카마 같은 얼굴로 투덜거렸다. 어머니가 일을 하다 멈추고 그 모습을 흐뭇하게 쳐다보았다. 밖으로 나가자 태양 빛이 더욱 강렬해져 있었다.

언덕을 향해 걸어가는데 누군가가 정상에서 한 손을 들고 있었다. 미간을 모아 잘 살펴보니 조금 전까지 거칠게 날뛰는 말을 길들이고 있던 히미쓰였다.

"저건 뭔가 기도라도 하는 건가?"

진지하게 물으니 나루야가 아하하하, 하고 배꼽을 잡고 웃어 댔다.

"왜 웃는 거야?"

"미미가 이상한 소리를 하니까."

"의식이나 뭐 그런 거 아냐?"

정상에 선 히미쓰는 마치 사진 모델처럼 포즈를 취한 채로 멈춰 있었다.

"미미는 뭐하는 거라고 생각하는데?"

"저기 서서 대지의 에너지를 받는다든가. 뭐, 그런 신성한 일?"

대답을 듣자마자 나루야가 다시 웃더니 대답해 주었다.

"저기에서만 전파가 잡히거든."

"뭐?"

몽골 대초원에서도 휴대전화를 쓸 수 있다니.

"그럼 일본에서 가지고 온 휴대전화도 사용할 수 있다는 말이야?"

"아마 그렇지 않을까?"

"그럼 나도 가지고 올 걸 그랬네."

혹시 일본에서 전화가 올지도 모르는 일이니.

그렇게 말하며 걷다 보니 경사가 생겼다. 멀리서 보면 전체가 녹색 풀로 뒤덮인 것처럼 보이지만 실제로는 울퉁불퉁한 바위들 틈에 드문드문 풀이 난 것이었다. 더욱이 이름만 풀이지 무시무시한 가시가 있는 풀들만 무성했다. 절대 인간이 먹을 수는 없을 것 같았다. 그런데도 숨을 들이키면 콧속까지 허브 향이 상쾌하게 느껴졌다.

"양들이 이런 풀을 먹는 거야? 아니면 방목해 두면 좀 더 부드럽고 맛있어 보이는 풀을 찾아 먹는 거야?"

넘어지지 않도록 조심하며 풀숲을 걸었다.

"아냐. 이래봬도 여기에선 이게 좋은 편이야. 겨울이 되면 완전히 시든 것밖에 없거든. 가축들은 이런 환경에서 살아갈 수밖에 없으니 힘들겠지. 내일 가게 될 하라호름 쪽은 풀이 많긴 하지만."

나루야는 비치샌들을 신고 능숙하게 언덕을 오르고 있다.

"하라호름?"

"응. 카라코룸 말이야. 칭기즈칸이 만든 옛 수도가 있던 곳이지. 여기서 서쪽으로 쭉 가면 나와. 먹는 풀이 달라서 양고기의 맛도 다르지. 부추 같은 풀을 먹는 양들은 부추 향이 나는데. 물론 양의 연령에 따라서도 맛이 다르고."

양이 먹는 풀에 따라 고기 맛이 다르다는 얘기는 처음 들었지만 잘 생각해 보면 당연한 얘기일지도 모른다.

"대단하네. 사람이 먹을 수 없는 풀을 먹고 사는 양을 사람이 먹는다니."

언덕의 정상을 스윽 올려다보니 히미쓰는 이미 사라지고 없었다. 경사가 급해지면서 호흡도 거칠어졌다.

"미미, 조금만 더 가면 돼. 힘내!"

나루야는 나를 응원하면서 아무렇지 않게 손을 덥석 잡았다. 그저 언덕을 오르는 것을 도와주는 것이라는 것을 알면서도 중학교 때 우리가 하지 못했던 걸 하고 있다는 사실을 떠올리니 갑자기 쑥스러웠다. 조금은 짓궂은 마음도 포함해서 나루야도 어른이 되었구나, 하고 생각했다. 그때는 내가 아무리 원했어도 절대로 손을 잡아 주지 않았다. 줄곧 그것만 생각하며 함께 집에 돌아갔던 그 길이 왠지 그리워졌다.

나루야가 손을 잡아 준 덕분에 마지막 남은 부분을 한 번에 오를 수 있었다. 정상에 오르자 누가 먼저랄 것도 없이 손을 놓았다. 아래 있을 때보다 바람이 더욱 강하게 느껴졌다. 게르에서 봤을 때보다 훨씬 높았다. 사방으로 광활한 지평선이 펼쳐져 있었다.

눈앞에 펼쳐진 절경을 멍하니 넋을 잃고 바라보았다.

"이게 오보라는 거야."

나루야가 정상에 세워진 막대 같은 것을 보고 설명했다. 쇠막대기에는 파란 리본이 묶여 있었다.

"태양과 같은 방향으로 돌면서 아래 떨어져 있는 돌을 위로 올리는 거야."

나루야는 그렇게 말하며 발밑에 떨어진 돌을 막대 근처에 가볍게 올려놓았다.

"이곳 사람들에겐 돌멩이도 하나의 생물이야. 하지만 돌은 혼자서 위로 갈 수 없잖아. 그래서 이렇게 돌멩이를 위로 올려 주는 거지."

나도 발밑에 놓인 돌을 주워서 막대기 쪽으로 툭 던졌다. 돌멩이도 생물이라니. 나는 이제껏 돌은 그저 돌이라고만 생각했는데.

나루야는 주변을 둘러보고 나서 자리에 앉았다. 나도 그 곁에 따라 앉았다. 아침에 어머니와 함께 물을 길러 갔던 개울물이 담담하게 흐르고 있었다. 호흡을 정리하며 흐르는 물을 바라보는데 마음속에서 떠돌고 있던 찌꺼기들이 조용히 바닥으로 가라앉는 것이 느껴졌다. 마치 거꾸로 했던 스노 글로브를 평평한 곳에 돌려놓은 것처럼. 잠깐이지만 잡았던 손이 나루야를 보다 가까운 존재로 느끼게 해 주었다.

"있잖아."

나는 용기를 내서 옆에 앉은 나루야에게 말을 걸었다.

"나루야는 고등학교 때 어떤 여자랑 사귀었어?"

갑자기 묻고 싶어졌다. 왜 그런지 이유는 모르겠지만 꼭 물어야 한다는 생각이 들었다.

"갑자기 왜 그런 걸 묻는 거야?"

눈이 부신지 그는 젖은 눈으로 나를 보았다. 바로 옆에서 바라보는 시선에 왠지 주눅이 들었다. 아침에 봤던 히미쓰가 갈기를 세 갈래로 땋아 준 말의 눈동자가 떠올랐다.

"미미가 알고 싶다면 옛날 일이니 말해 줄 수도 있지만."

그가 퉁명스런 표정으로 말했다. 바로 옆에서 그를 보고 있으려니 얼굴에 난 수염의 표정까지 선명하게 알 수 있었다.

"듣고 싶어."

나도 나루야와 같은 자세로 무릎을 구부려 턱을 올려놓고 얼굴만 그를 향했다.

"고등학교 때 같은 반 여자애였어."

나루야가 그녀에 관한 이야기를 꺼내기 시작하자 돌연 묻지 말았어야 했다는 생각이 들었다. 왜 이렇게 제멋대로인지 자신이 싫어질 정도였지만 나는 이내 평온을 되찾고 나루야의 말에 귀를 기울였다.

"2학년 봄부터 사귀기 시작했어. 누가 먼저 고백할 것도 없이 정신을 차리고 보니 같은 마음이 되어 있었지. 자주 수업 빼먹고 영화를 보러 가기도 하고. 지금 생각하면 그리 좋은 일은 아니었지만."

"섹스는?"

내가 물어 놓고도 내가 놀라 버렸다. 나루야도 갑작스런 나의 질문에 놀랐는지 굳은 표정으로 수차례 눈을 깜박거렸다.

"뭐야, 갑자기."

조금 당황한 말투로 그가 말했다.

"그 여자애가 처음인 거잖아?"

나는 되도록 아무렇지 않게 보이려고 애쓰며 말했다. 어떻게 해서든 나루야가 처음으로 품에 안았던 사람에 대한 얘기를 그의 입으로 듣고 싶었다.

"내가 숨길 나이도 아니긴 하지만……. 그래. 그 여자애가 처음이었어."

나루야가 너무 진지하게 얘기하는 바람에 오히려 내 얼굴이 빨개졌다.

"그리고 헤어졌어? 아니면 지금도 사귀는 중인가……."

얼른 화제를 돌리고 싶었다.

"사귀는 사람이 있었다면 미미를 몽골에 데리고 왔겠어?"

나루야가 조금은 흥분한 듯이 대답했다.

"그건 그러네."

가볍게 대답했지만 나루야의 말에 내심 안도감이 들었다. 그런 기분을 스스로 다독였다.

"좋아했어?"

"응. 엄청 좋아했지."

나루야가 차분하게 말했다. 그는 성실했다. 그래서 나도 중학생 때 그를 좋아했다. 하지만 그때 우리 둘은 너무 어렸다. 그런 사실조차 깨닫지 못했을 정도로.

"그런데 그렇게 좋아했으면서 왜 헤어졌어?"

너무 성실하게 대답해 주는 나루야가 가여운 기분이 들어서 양팔로 꼭 껴안아 주고 싶었다.

"그 애가 좋아하는 사람이 생겨서. 그때는 내가 너무 화가 났었기 때문에 기억이 잘 나질 않지만."

"그랬구나."

나루야의 기분을 생각하니 나도 같이 숙연해졌다. 그렇지만 나루야의 한 마디에 흠칫 놀라고 말았다.

"자, 이제 미미의 연애담을 들려 줘."

"뭐라고?"

정면으로 물어오는 탓에 나는 머뭇거렸다.

"난 다 얘기했잖아. 나도 묻고 싶었다고. 미미를 처음으로 안은 녀석이 누군가 하고."

일부러 그러는 건지 무뚝뚝하게 말을 하고 입을 비죽거렸다.

"음, 그러니까……."

내 경우는 나루야처럼 산뜻한 연애가 아니었다.

"동급생이냐고 물어볼까 했는데, 여자고등학교였네."

나루야의 추리가 이상한 방향으로 흘러갈까 봐 말을 막았다.

"내가 좋아했던 사람은 학원 선생님이었어."

얼버무리거나 거짓말하기가 귀찮아져서 단숨에 고백해 버렸다. 친구들 중에서도 아주 친한 친구에게만 얘기했던 사실이었다.

"혹시 아주 나이가 많아?"

흥미진진한 얼굴로 나루야가 쳐다보았다.

"음, 연상은 연상이지만 겨우 열다섯 살 많았는걸."

애써 아무렇지 않은 듯 대답했다.

"열다섯 살? 그건 완전 범죄인데."

아니나 다를까 나루야도 다른 사람들과 똑같은 반응이었다.

"넌 그때 몇 살이었어?"

"음, 열여섯인가 열일곱 정도?"

"그렇다면 그 사람은 삼십 대? 그 말은……."

"그래. 불륜이었어. 고등학생 신분으로 말이야."

그렇게 말해 버리고 나자 그 시절을 가득 채우고 있던 시간이 불면 날아가 버릴 듯한 아주 가벼운 한낱 종잇조각처럼 여겨졌다.

나루야가 경멸할 거라고 생각했다.

"그랬구나. 그 사람이 미미를 처음으로 사랑했던 남자였어."

나지막이 중얼거렸다. '사랑'이라는 말을 듣자 갑자기 몸이 뜨거워졌다. 그 시절, 혼신을 다해 선생님을 사랑했던 감정이 불현듯 떠올랐다.

"미미도 나하고 만나지 못한 동안 여러 가지 일이 있었네."

나루야가 손을 뻗어 마치 어린 아이를 쓰다듬듯 나의 머리에 손바닥을 댔다. 만약에 나루야와의 관계가 중학교 시절 이후로도 계속되었다면 나는 선생님을 좋아하지 않았을 텐데. 다른 인생을 살게 되었을 거라고 생각하니 사람과 사람의 만남은 정말 절묘하다는 생각이 들었다.

그렇게 사랑했지만 내가 다시 선생님을 만나는 일은 없을 것이다.

"어른스럽네."

나루야가 말했다. 그 울림에 울컥해서 그를 돌아보았다.

"나쁜 뜻은 아니니 오해하지 마."

나루야는 입을 내밀며 반박했다.

"그때도 미미가 더 어른스러웠지. 그에 비해 나는 어렸고."

서로 좋아서 사귀었지만 우리는 손을 잡은 적도 키스를 한 적도 없었다. 그래도 얼굴을 마주하고 나루야와 그때 일을 얘기하는 것은 꽤나 창피스러웠다. 결국 우리는 다른 길을 선택했다. 나는 불현듯 떠오른 생각을 입 밖으로 냈다.

"아버지 어머니는 늘 그렇게 같이 주무셔?"

"아, 어제 말이지?"

나루야가 겨우 미소를 지었다. 화제가 바뀌어 안심한 것은 둘 다 마찬가지였다.

"아마 어제는 미미에게 침대를 내주려고 그런 걸 거야. 아버지가 퇴원한 직후니까. 어깨를 안마해 주었잖아."

"하지만 왠지 좋아 보였어. 나이를 먹어서도 침대를 함께 쓴다는 것 말이야. 난 부모님이 그러시는 걸 본 적이 없거든."

"그렇지."

"그런데 게르는 안이 훤히 들여다보이고 소리도 다 들리잖아? 그, 아이를 만든다든지 하는 것도 그 안에서 해?"

표현에 신경을 써가며 어렵사리 물었다.

"그럼. 유목민이란 그런 면에서 상당히 개방적이야. 나도 어렸을 때는 두 사람이 밤중에 뭘 하나 생각했지. 그런데 시골에서 크는 아이들은 가축이 교미하는 것을 자주 보고 살기 때문에 조숙한 편이지. 요즘은 어떤지 몰라도 예전에는 낮에도 아무렇지 않게 말을 타고 사람이 없는 평원으로 나가서 노닥거렸으니까."

"굉장하네."

"유목민에겐 딱히 놀 거리가 없거든. 할 수 있는 놀이라고는 그것밖에 없으니까."

반은 유목민의 피가 흐른다고 했던 나루야는 마치 남의 일 얘기하듯 말했다.

이야기하는 동안 햇볕이 점점 강렬해졌다.

"이제 그만 돌아가야 하지 않아?"

내가 자리에서 일어섰다.

"그래. 더워졌네. 이 정도로 데이트를 했으니 부모님들도 만족하시겠지."

나루야가 툭 내뱉듯이 대답했다.

"이게 데이트였어?"

"그럼, 미미하고 사귀는 게 아니라고 하니까 어머니가 그러면 어서 밀어붙이라고 했거든."

나루야가 표정을 흐렸다.

"데이트였구나. 체리가든에 부른 건?"

"거기로 미미를 부른 것도 꽤나 어려웠어."

"재미있네."

그렇게 말하니 더욱 마음이 아려왔다. 7년 동안 내 마음은 해질 대로 해지고 때가 탔다. 보지 말았어야 할 것을 너무 많이 보았고 맛보지 말아야 할 것도 충분히 맛보고 말았다.

"고마워."

내가 감사를 표시했다.

"뭐가?"

나루야가 강아지처럼 나를 응시했다.

"나루야의 지난 일들, 여러 가지 들려줘서. 첫 경험까지도."

장난치듯 얘기했다. 하지만 사실은 여기에 데리고 와준 것에 대한 감사였다. 아주 조금이지만 마음에 드리운 두꺼운 커튼이 열린 기분이었다.

"어, 어머니가 저기서 부르고 있는 것 같은데."

내가 먼 곳을 가리켰다.

"그러네. 점심식사가 다 돼서일 거야. 어서 가자!"

나루야는 그렇게 말하며 갑자기 달리기 시작했다. 나도 나루야의 뒤를 쫓았다. 이렇게 힘차게 달리는 게 몇 년 만인지.

나루야의 머리 위로 태양이 빛났다. 점프하면 거기까지 손이 닿을 듯했다.

가족 모두가 둘러앉아 식사를 하고서 게르 안으로 들어가 함께 낮잠을 잤다. 나루야를 따라서 나도 침대가 아닌 바닥에 드러누워 봤더니 한결 기분이 좋았다. 바닥에 깔린 융단 밑에 돌이 있어서 이런 곳에서 잘 수 있을까 걱정했지만 예상외로 푹 잠들 수 있었다. 잠에서 깼을 때 나루야가 내가 코를 골았다고 해서 사실인지 아닌지는 알 수 없었지만 부끄러웠다.

해가 기울기 시작하는 저녁 무렵에 나와 아버지, 그리고 나루야 셋이서 음식을 만드는 데 필요한 비료로 쓸 소똥을 모으러 갔다. 소똥을 만지는 건 태어나 처음이었는데 말라서 흙처럼 느껴졌다. 나는 소똥이 비료가 된다는 사실에 감탄했다. 나루야가 가르쳐준 바에 따르면 똥이라고는 해도 풀을 갈아서 으깬 것과 같다고 하면서 사람들이 이것을 만들려면 대단히 번거로운 절차를 거쳐야 하는데 소는 먹는 것의 부산물로 이것을 선사한다고 했다.

멀리서 찾지 않더라도 소는 항상 여기저기 있어서 소똥 역시 지천으로 널려 있었다. 사방에 널린 소똥을 모아서 가지고 오자 어머니가 기뻐하며 받아 주었다. 하지만 그 많던 소똥도 불을 붙이자 이내 사라졌다. 아무 때고 계속 소똥을 주우러 가야했다.

저녁 식사로 어머니가 만들어 준 것은 카레였다.

"어제 미미가 식사를 거의 못해서 걱정하셨나 봐."

소곤대는 목소리로 나루야가 가르쳐 주었다.

"카레 루는 여기서도 파는 거야?"

나도 따라서 속삭이듯 물었다.

"내가 이번에 일본에서 가지고 온 것을 사용한 것 같아. 울란바토르에도 팔아. 그래도 일본에서 만든 것이 더 맛있긴 하지."

나루야가 평상시의 목소리로 대답했다.

어머니가 채소를 꺼내서 같이 껍질 벗기는 것을 도왔다. 그런데 칼을 손에 쥐고 보니 칼날이 너무 무뎌서 그만 말문이 막혀 버렸다. 마치 소꿉장난할 때 쓰던 나무칼 같았다. 하지만 조금 전에 어머니는 이 칼로 당근 껍질을 쓱쓱 벗겨냈다.

"다음에 올 때 일본에서 파는 칼갈이를 가져다 드려야겠어."

악전고투 끝에 당근 껍질을 벗기며 나루아에게 툭 던지듯 얘기했다. 그런데 나루야는 예상외의 반응을 보였다.

"나도 그렇게 생각한 적이 있었지. 이곳 생활이 너무 원시적이라는 생각이 들어서 일본에서 편리하게 쓰이는 물건들을 이것저것 가지고 왔어. 물론 이분들은 기뻐해 주셨지. 하지만 가만 보니 결국엔 쓰지 않으시더라고. 사용법을 몰라서 그러는 것도 아니고 그냥 쓰지 않으셨어. 그러고 나니 쓰레기에 지나지 않았어. 유목민은 되도록 물건을 소유하지 않고 생활해. 그러니 물건에 대한 집착이 없지. 그들은 수천 년이 지나도록 이렇게 살아왔어. 그걸 억지로 바꾸려는 것은 오만한 생각이야."

"미안해."

잘 알지도 못하면서 제멋대로 지껄인 내가 창피했다.

"그런데 그 칼은 너무 안 들긴 해."

나루야는 활짝 웃었다. 나도 그만 따라서 웃을 뻔했다.

어머니가 양파 껍질을 벗겨 자른 뒤 당근과 감자 같은 것도 껍질을 벗겨 자르는 동안 나는 감자 한 알 밖에 깎지 못했다. 긴장해서 깎은 탓인지 어깨에 힘이 들어갔다.

"수고했어."

나루야가 이렇게 말하며 나의 어깨에 툭 하고 손을 올렸다. 어머니가 그 모습을 보고 나루야에게 무언가 말을 했다.

내가 묻는 눈길을 보내자 그가 대답했다.

"여자를 그렇게 거칠게 대하지 말라고 주의를 주시는데?"

나루야가 쑥스러운 듯 혀를 날름 내밀었다.

"괜찮아요, 괜찮아요."

천천히 말을 한다고 해서 이해할 수 있는 것도 아닌데 어머니가 알아 주었으면 하는 마음으로 반복했다.

어머니는 잘게 썬 채소를 물에 집어넣고 이번에는 봉지에서 동물의 뼈 같은 것을 꺼내왔다.

"이건?"

"소고기 육포. 가을에 고기를 해체해서 건조시킨 거야."

나루야는 대답하면서 비닐 시트 같은 것을 펼치고 서랍에서 쇠망치를 꺼냈다.

"이렇게 섬유질을 두들겨 으깬 뒤 요리에 쓰지."

뼈가 있는 곳을 세차게 내리쳤다. 그 모습을 보던 아버지가 나루야에게 말했다.

"원래는 미미에게 직접 기른 양을 대접하고 싶었는데 못해줘서 미안하다 하셔."

사실 양고기는 특유의 향 때문에 잘 못 먹기 때문에 이 정도로 끝나서 다행이라고 생각했다.

"그런데 왜 먹지 못하는 거야?"

보기에는 양들이 여기저기 많았다. 그런데 왜 그런 걸까?

"그건 올겨울 엄청났던 한파 때문이지."

나루야는 육포를 필사적으로 두드리며 말하기 시작했다.

"올겨울은 이상하리만치 추웠어. 내가 음력설에 왔을 때 영하 40도까지 내려갔었어. 측정이 불가능할 정도였지. 눈이 많이 내려서 가축들도 지쳐갔어. 풀도 없어서 먹이를 사서 줘야 했는데 그마저도 살 수 있는 양이 제한되었지. 아버지는 양보다 추위에 약한 산양과 소부터 지켰는데 그 다음엔 양이 견디지 못하게 됐지.

봄은 양들이 출산하는 계절인데 태어나자마자 새끼 양이 죽어 나갔어. 어미도 젖이 나오질 않았으니까. 하는 수 없이 태어나자마자 따뜻한 게르로 데리고 가서 어미의 젖이 나오지 않으면 소의 젖을 먹였지. 나도 도우러 왔지만 비참했어. 힘겹게 태어나서 모조리 죽어 갔으니까. 죽으면 바깥에 두었는데 사체가 기다랗게 줄을 섰어. 아버지는 낙담했어. 자신이 기르던 가축들이 죽는 것은 유목민에게는 가장 수치스러운 일이거든.

하지만 나중에 알고 보니 그 비참한 일은 몽골 전체에 걸쳐 일어난 것이었지. 개중에는 거의 모든 가축을 잃은 유목민도 있었어. 하지만 몇 마리를 잃었는지 고지식하게 전부 다 보고하는 유목민은 없으니까. 대부분은 피해를 줄여서 말하니 정확한 피해 규모는 알 수 없었어. 그렇지만 몽골인의 식생활을 위협할 만큼 크게 타격을 받았지."

나루야는 마지막 뼈 덩어리를 힘껏 내리쳤다.

"그래서 양들의 수가 줄어서 여름이 되어도 먹을 수가 없는 거구나."

"그것도 그렇지만 양들이 풀을 잘 먹으려 들지 않아서 고기 맛도 좋지 않아. 아버지는 자신이 기른 양은 몽골에서 가장 맛있다고 생각하셔. 유목민이라면 모두가 그렇겠지만. 미미에게 자랑할 만한 양고기를 먹이고 싶어서가 아닐까?"

이상 기후는 일본에서도 떠들썩하게 화제가 되고 있지만 직접적으로 영향을 받은 사람은 유목민이었다. 아버지가 그렇게까지 생각한다니 나도 언젠가는 그가 기른 양을 먹어 보고 싶어졌다.

어머니의 모습이 보이지 않는다고 생각했더니 밖에서 밥을 짓고 있었다. 해는 조금 전보다도 서쪽으로 기울어 그녀의 그림자가 마른 대지에 길게 늘어졌다.

"전부 불 하나로 만드시네."

일본이라면 혼자 사는 원룸을 제외하고는 당연히 여러 개의 화구를 써서 동시에 음식을 만든다.

"응. 냄비도 저 커다란 것 하나밖에 없어."

물을 끓이는 것도, 밥을 짓는 것도, 카레를 만드는 것도 같은 냄비를 썼다. 그때마다 어머니는 정성스레 냄비를 씻었다. 귀중한 물을 낭비하지 않도록 조심하면서.

"나라면 우유를 데우는 냄비와 프라이팬, 파스타를 만드는 깊은 냄비 등등 여러 가지를 마련해 놓을 것 같은데. 대단하셔. 어머니는 정말 굉장하시다!"

나루야에게 감탄스런 마음을 전달하고자 목소리를 높였다. 얼마나 전해졌는지 확실하진 않지만.

"맞아. 우리 같으면 여러 가지 도구를 개발해서 스위치 한 번 누르면 된다고 다 할 줄 아는 것 같은 기분에 취했다가도 그게 고장 나면 아무것도 할 수 없게 되지. 여기 사람들은 차나 스쿠터가 고장 나면 전부 스스로 고쳐. 제대로 고치려면 조립하는 방법이 머릿속에 들어있어야 하고. 결국 머리를 써서 살아가는 건 이런 원시적인 생활을 하는 사람들인 거지. 겉으로 보기에는 우리가 앞서 나가는 것 같지만 아무리 생각해도 바보가 되어가는 것 같아."

나루야가 열심히 전하려 한 메시지는 나에게도 전달되었다.

그와 진지하게 얘기를 나누고 있는 동안에 밥 짓는 냄새가 풍풍히 다가왔다. 고개를 들자 어렴풋이 자주색으로 물들기 시작하는 하늘에 길고 가느다란 구름이 공룡처럼 길게 늘어져 있었다. 문득 자유라는 말이 떠올랐다. 유목민들의 마음속에 깃든 가벼움. 그것은 물건을 소유하지 않는 것에서부터 비롯되는 것이 아닐까.

물론 유목민이라고 해서 물건을 아예 소유하지 않는 것은 아니다. 게르의 안에는 불단도 있고 언뜻 보기에 생활에 필요하지 않을 것 같은 나루야와 다른 자식들, 손자들의 사진도 많다. 하지만 이들은 자신들에게 필요한 것과 소중한 것이 무엇인지 잘 알고 있다. 그리고 소중하다고 생각하는 물건은 만일 그것이 생활에 유용한 것이 아니라 해도 소중하게 여긴다. 정말 필요한 물건만을 소유하는 생활인 것이다.

그에 비해 나는 쓸데없는 물건을 많이 쌓아 두고 산다. 스스로에게 짐을 지우고 멀리 날지 못하게 한다. 그러면서도 자신에게 소중한 것이 무엇일까 되물으면 바로 떠오르는 것이 없었다. 살아가기 위해 필요한 것이 무엇인지 알 수 없었다. 이것만은 반드시 부여잡고 살아가야겠다고 생각했던 일도 보름 전에 스스로 놓아 버렸다.

밥이 다 되어서 어머니가 세숫대야 같은 그릇에 밥을 옮겨 담았다. 다음으로 같은 냄비에 카레를 만들려는 것 같았다.

"미미에게 카레 만드는 법을 배우고 싶다고 하시는데."

게르가 드리우는 그늘에 서서 하늘을 바라보고 있는데 나루야가 나를 부르러 왔다.

"그냥 끓이면 되는 거 아닌가?"

대단한 요리법이 있는 것도 아니었다. 요리라면 그렇게 잘하는 것도 아주 서툰 것도 아니어서 가끔 기분 전환 삼아 만들어 먹는 정도였다. 대학은 지바의 본가에서 다녔지만 사회인이 되어서도 본가에 있는 건 그다지 좋지 않은 것 같아서 올해부터 겨우 혼자 생활하기 시작했다. 하지만 아르바이트를 하다가 정직원이 된 순간, 갑자기 일이 바빠져 평일뿐만 아니라 휴일에도 일을 해야 했다. 주말에는 음식을 하고 평일에도 가능한 한 도시락을 싸서 다니며 먹으려고 했는데 매일 집으로 돌아오면 피곤함에 절어서 계획대로 한 적이 없었다. 일을 떠올리자 이내 기분이 가라앉았다.

"그러고 보니 예전에 미미가 밸런타인데이에 뭔가를 만들어 줬었어. 그거 엄청 맛있었는데."

나루야가 갑자기 창피했던 옛날 일을 들췄다.

"하지만 그때 나루야는 아무 말도 하지 않았어."

맛있다거나 고맙다거나 하는 말은 전혀 없었다. 그 일로 내가 얼마나 속상해했는지 떠오른 것이다.

"그땐 그냥 죽어 버리고 싶었다고."

당시 속이 상했던 일을 떠올리면서 나루야에게 머리를 가볍게 들이밀었다. 그와 동시에 죽어 버리고 싶었다는 말을 농담하듯 하는 자신에게 혐오감이 일었다. 아무리 죽고 싶었어도 실제로 죽어 버리는 것과는 전혀 다르다. 그런데도 야마다는 정말로 죽음을 선택했다.

"그때가 아마 입시 때였을걸. 나는 어머니 눈을 피해 내 방에서 밤을 꼴딱 새워서 만들었다고. 그런데도 나루야는 아무런 말도 하지 않았어. 소금과 설탕을 헷갈려서 넣었나, 이런저런 생각을 하느라 며칠을 잠도 못 잤는데."

머리 한구석에서는 야마다를 생각하며 입으로는 전혀 관계없는 얘기를 하고 있었다. 그렇게 떠들면서도 언제였던가, 야마다에게 책을 빌렸던 일이 어렴풋이 떠올라 갑자기 멍해지고 말았다.

"미안."

순간 그가 무엇에 대해 사과를 한 것인지 이해하지 못했다. 중학교 시절의 새콤달콤한 밸런타인데이의 기억을 이야기하고 있었음을 깨달았다.

"아이고. 카레 만드는 걸 도와달라고 하셨는데, 우리 지금 뭐 하는 거야?"

나루야가 씁쓸한 표정을 지으며 입을 비죽였다.

우리는 서둘러 어머니가 있는 곳으로 달려갔다. 조금 전까지 밥을 짓던 냄비는 깨끗이 씻겨 다시 불 위에 놓인 채 다른 요리가 시작되는 것을 기다리고 있었다. 능숙한 몽골어로 나루야가 어머니에게 한두 마디를 걸었다.

"우리 둘이서 만들어 보라고 하시네."

나루야는 어린애처럼 토라진 얼굴로 어머니의 말을 전했다.

"아버지는 요리하는 걸 전혀 도와주지 않아. 나루야도 아버지를 닮아서 요리하지 않는 아이가 되었지만 이제부터 카레 같은 거라도 한두 개 만들어 보지 않으면 인기 없을 거라고 하셨어."

"어머니가 정말 그렇게 말씀하셨어? 카레 같은 거라도 한두 개라고?"

"아니. 그건 내가 적당히 일본어로 바꾼 건데 왜? 이상해?"

"아니, 뭐."

편집자로서는 조금 거슬리는 점은 있지만, 라고 말할 뻔했다. 하지만 나는 이제 편집자도 무엇도 아니다. 지금은 그저 아르바이트나 전전하며 지낼 뿐이다. 일본으로 돌아가면 처음부터 다시 아르바이트를 찾아야 한다.

"하지만 어머니가 맞는 말씀을 하셨네."

기운을 차리고 나루야를 바라보았다.

"난 밥을 만드는 것보다 먹는 걸 더 좋아한다고."

나루야가 당당하게 말했다.

"집에서나 큰소리치는 아저씨 같은 소리를 하다니. 그래서는 인기가 없지."

그의 아픈 곳을 찔렀다.

"그런 아저씨하고 사귄 게 어디 사는 누구더라?"

나루야가 한술 더 떠서 공격했다.

"선생님은 아저씨 같지 않았네요. 게다가 서른 살이라곤 해도 아직 어린애 같았다고."

말을 하는 중에 선생님의 얼굴과 따스함이 떠올라 이내 숙연한 기분이 되었다.

"울지 마."

나루야가 착각해서 나의 머리를 팔로 안으려 했다.

"우는 거 아니야. 연기가 눈에 들어가서 아파서 그래."

정말 연기가 자꾸 눈으로 들어가서 눈물이 똑똑 흘렀다. 그리고 카레 만들 생각을 않는 우리를 어머니가 싸늘한 눈초리로 지켜보고 있었다.

"나루야, 이제 적당히 하고 카레를 만들어야……."

나는 가만히 속삭였다.

나루야도 어머니의 시선을 의식했다.

"좋아. 오늘밤은 끝내주는 카레를 만들어 주지!"

큰소리치며 반소매 셔츠의 소매를 어깨까지 걷어 올렸다.

어머니는 나와 나루야의 옆에 딱 붙어 서서 카레 만드는 모습을 하나하나 지켜보았다. 내가 무슨 동작을 취하면 '지금 미사키가 뭘 한 거야?'라고 나루야에게 몽골말로 묻곤 했다. 나루야도 아주 조금이지만 일을 거들어 주었다. 어머니가 한 팔로 가볍게 들었던 냄비 뚜껑은 실제로는 굉장히 무거웠다. 뚜껑을 열고 닫는 것은 나루야가 맡았다. 근육이 제대로 자리 잡은 나루야의 팔이 믿음직스러웠다.

감자, 당근, 양파를 식용유에 볶고 물에 불려 둔 육포를 집어넣었다. 채소와 고기가 부드러워질 때까지 푹 끓이고 적당한 순간에 불에서 내린 다음 카레 루를 넣었다. 다시 불에 올리고 걸쭉해질 때까지 끓이면 완성이다. 루는 만들어진 것을 써서 간단했다.

먼저 만들어 둔 밥 위에 카레를 듬뿍 끼얹었다.

기분이 좋아서 아침에 했던 것처럼 바깥에 테이블을 놓고 식사를 했다. 옆 게르에서 히미쓰의 가족도 건너왔다. 놀랍게도 히미쓰의 옆에 서 있는 사람은 그의 부인이었고 그녀의 팔에는 히미쓰의 아기가 안겨 있었다. 나루야가 아기를 건네받아 어르기 시작했다. 히미쓰에게 아이가 있었다니.

"히미쓰는 도대체 몇 살이야?"

"스무 살이던가?"

"그럼 나보다 어리네. 그런데 부인과 아이가 있어? 아직 학생이지 않아?"

히미쓰의 아이 앞에서 재밌는 얼굴을 하면서 웃기려고 애쓰는 나루야에게 연거푸 질문을 퍼부었다. 그러면서도 손은 쉴 새 없이 밥그릇에 카레를 담았다. 얼굴을 부풀렸다가 오므렸다가 하더니 나루야는 내 쪽으로 돌아서서 대답했다,

"몽골에서는 요즘 들어 빨리 결혼해서 빨리 아이를 낳는 커플이 늘고 있어. 일본에서는 학생이 결혼하는 건 흔치 않은 일이지만 여기서는 많이들 그러지."

"그럼 생활은 어떻게 해?"

아무리 학생이라고 해도 아이의 양육비까지 부모에게 손을

벌릴 수는 없는 일 아닌가. 나 같으면 있을 수 없는 일이었다.

"그건 상당히 심각한 문제이긴 한데. 부인이 일을 해서 부담하는 것 아닐까?"

애매하게 대답한 뒤에 나루야는 히미쓰의 부인에게 몽골어로 물었다.

"역시 그렇대. 부인이 돈을 벌어서 가계지출을 부담한대."

나루야가 덧붙였다.

"여기서 일을 한다고?"

이해할 수 없어서 다시 물었다.

"여기라니?"

"그러니까 유목민의 일을 하면서……."

"아냐. 이 부부는 여름만 여기에 와서 일을 돕는 거야. 집은 울란바토르에 있어. 도시에서 사는 사람들도 여름에는 시골의 게르에 와서 보내지. 그렇게 하면 도시에서 자라도 가축을 돌볼 줄 알게 되고 건강해지거든."

나루야는 아까보다 더 열심히 히미쓰의 아기를 웃기려고 애썼다. 저녁 준비가 다 되었다. 누군지 모르는 사람들까지 모이니 열 명의 밥이 차려졌다.

"잘 먹겠습니다!"

나루야가 제일 먼저 인사를 하며 따끈한 카레를 먹기 시작했다.

몽골에서는 누군가 게르를 방문하면 전혀 모르는 사람이라도 반드시 차와 과자를 대접한다고 했다. 식사를 하고 있을 때 손님이 찾아오면 가족이 먹던 것과 같은 음식을 내오는 것도 일상적인 일이라고 한다.

겨우 하루밖에 안 되었지만 몽골에서 지내 보니 이들의 생활을 알 것 같았다. 이들은 가족 이외에 사람들과는 만날 기회가 거의 없다. 때문에 누군가를 만난다는 것은 굉장히 귀중한 일이다. 광활한 초원에서 누군가와 마주친다는 것은 그 자체만으로도 대단한 인연이고 함께 그 기쁨을 나누고 싶어지는 것이다. 일본에서는 사람들이라면 지긋지긋했었는데.

"암트테, 암트테벤."

테이블을 둘러싼 사람들의 입에서 아까부터 같은 단어가 들려왔다.

"암트테라는 건 몽골말로 맛있다는 뜻이야."

옆에 앉은 나루야가 카레 향을 풍기며 가르쳐 주었다. 일본에서라면 이런 음식은 누구라도 만들 수 있는데. 하지만 그들은 모두 돌아가며 칭찬해 주었다. 가슴 속에서 뭔가가 솟구치는 것을 카레를 먹으면서 필사적으로 억눌렀다.

내일은 다른 곳으로 이동한다고 했다. 일본에 돌아가기 전날에 아버지 어머니와 울란바토르에서 다시 만날 수 있을지는 모르겠지만 일단은 여기서 헤어져야 했다. 이제 겨우 친해지기 시작했는데.

카레를 다 먹은 아버지는 또 어디선가 술병을 가지고 왔다.

긴 밤이 될 것 같았다. 물에 불린 건어물처럼 어제보다 조금 더 마음이 부드러워져 있었다.

삼일 째는 하루의 대부분이 이동하는 데 소요되었다.

우리는 히미쓰가 운전하는 차로 카라코룸에서 좀 더 안쪽에 있는 고원까지 가기로 했다. 그곳에는 온천도 있어서 몽골 사람들에게 인기가 있는 관광 명소라고 했다.

어제처럼 아침을 간단히 먹고 차에 올라탔다.

"바야를라, 바야를라."

유일하게 아는 몽골어로 아버지와 어머니에게 인사했다. '바야를라'는 몽골어로 감사하다는 의미이다.

차로 열 시간이 걸리는 여정이었다. 포장되어 있는 도로도 있지만 대부분은 비포장 도로였다. 길이 나지도 않은 곳을 거의 날아오르듯 덜컥거리며 달렸다.

도중에 볼일을 보기 위해 드넓은 초원에 차를 세웠다.

"길을 안내하는 표지판이 없는데도 어느 쪽으로 가야 하는지 어디서 꺾어야 하는지 잘 아네."

차에서 내리자 상쾌한 찬바람이 불어와 머리가 맑아졌다.

"간단해. 산이 보이는 곳이라든가 특징을 기억해 두면 되지."

나루야가 양손을 올려 쭉 뻗으면서 대답했다. 나루야의 배꼽이 보였다.

"산이라면 저기 많이 있는 낮은 언덕을 말하는 거야?"

"응. 그렇지."

"나라면 아마 길을 잃고 미아가 됐을 거야."

"미미는 확실히 방향 감각이 부족하긴 했지."

방과 후에 둘이서 걷다가 주택가에서 길을 잃은 적이 몇 번 있었다.

"산과 계곡에 각각 이름이 있어. 하지만 요즘은 내비게이션을 사용하는 사람들도 있대."

둘이서 얘기를 하는데 볼일을 보러 갔던 히미쓰가 돌아왔다. 운전을 교대로 하기로 했는지 히미쓰가 조수석 문을 열었다. 운전석에 앉은 나루야가 차 스피커에 아이팟을 연결시키고 일본 노래를 틀어 주었다.

차멀미가 날 것 같았는데 기분이 조금 나아졌다. 일본 노래를 들으며 초원을 달리자 왠지 일본에 있는 것처럼 느껴졌다. 노래는 모두 나와 나루야가 헤어진 후에 유행했던 곡이었다. 사귄 것인지 아닌 것인지도 애매한데 헤어졌다는 표현이 맞긴 한 것일까. 고등학생 때 사귀었다는 그녀와 들었던 곡이었을까 상상하니 마음이 아려왔다. 그녀를 질투하고 있는 것일까. 이미 끝난 사이인데. 그러고 보니 선생님과는 함께 음악을 들은 적이 없었다. 사람들 보는 앞에서 같이 다닌 적도 없었고 둘이 있어도 음악 같은 것을 들을 여유조차 없었다. 그저 선생님의 곁에 있고 싶을 뿐이었고 그의 몸 어디에라도 닿지 않으면 그가 어디론가 사라져 버릴 것 같은 불안 속에 살았다. 그 시절의 나는 선생님에게 인정받고 싶어서, 따라가고 싶어서 늘 발뒤꿈치를 들고 서 있는 기분이었다.

"왜 갑자기 우울해진 거야?"

머릿속이 선생님에 대한 기억으로 가득해질 무렵, 나루야의 목소리가 찬물을 끼얹었다.

"우울하긴 누가?"

사람들은 왜 사실을 지적받으면 정색을 하고 부정하게 되는 것일까. 나도 모르게 그만 크게 대꾸해 버렸다.

"뭔가 피식대는 것 같기도 하고."

백미러로 내 표정이 다 보인 모양이었다.

"내가 전에 말했잖아. 웃지 않는다고. 피식대는 것도 웃는 건데 절대 그러지 않았어."

"아, 예. 그렇군요."

나루야는 지금 들리는 멜로디의 한 소절을 따라하듯이 대답했다. 이 곡이라면 나도 알고 있다. 선생님과 헤어진 후 잠깐 사귈 뻔했던 대학 친구 손에 이끌려 이 밴드가 연주하는 콘서트에 갔었다. 하지만 선생님을 잊을 수가 없어서 그 친구와는 사귈 수 없었다.

지금쯤 선생님은 어떻게 지내고 있을까. 거짓말을 하지 않는 사람이어서 가족에 대한 얘기도 솔직하게 들려 주곤 했다. 그때 이미 아이가 한 명 있었으니 지금은 더 많은 자녀를 둔 아버지가 되어 있을지도 모른다.

되도록 힘을 빼고 될 대로 되라는 심정으로 좌석 시트에 몸 전체를 맡기는 것이 그나마 편안하게 차를 탈 수 있는 방법이었다. 앞 좌석에는 히미쓰가 아무 일도 없다는 듯 앉아 있었다. 거의 좌석에서 미끄러질 것 같은 자세로 차가 요동치는 흐름에 따라 저항도 없이 들썩였다. 나도 흉내를 내 보니 필사적으로 차 손잡이를 잡고 견디는 것보다 훨씬 편안했다.

"미미, 졸리면 참지 말고 자. 안전하게 운전해서 모셔다 줄 테니."

마치 감시 카메라라도 달아 둔 것처럼 절묘한 순간에 나루야가 말을 걸어왔다. 고맙다고 대답했다. 눈을 뜨고 위아래로 흔들리는 풍경을 보기만 해도 멀미가 날 것 같아서 그냥 자 버릴까 생각하던 참이었다. 내가 눈을 감는 것이 보였는지 나루야가 음악 소리를 낮췄다. 잠시 후에 눈을 뜨니 비가 조금씩 떨어지고 있었다. 몽골에 와서 처음 보는 비였다.

다시 차를 세우고 차 안에서 점심을 먹었다. 도시락은 아침에 어머니가 싸준 것이었다. 빵과 잼, 그리고 차를 곁들인 간단한 식사였는데 요동치는 차에 위도 지쳤는지 식욕이 별로 없어서 양도 딱 알맞았다.

다 먹고 나서 볼일을 보고 오려고 차 문을 열자 찬바람이 세차게 불었다. 순간 어깨에 걸친 숄이 바람에 날아갈 뻔했다.

"비가 오니까 너무 멀리 가지는 마. 어차피 안 보이니까."

등 뒤로 나루야의 목소리를 흘려보내며 힘을 다해 차 문을 닫았다. 안에서 봤을 때는 많이 내리는 것 같지 않더니 밖으로 나와 보니 꽤 세차게 내리고 있었다. 기온도 뚝뚝 떨어져 반소매 셔츠에 바람막이 점퍼를 입었는데 으슬으슬 추웠다.

풀숲에 웅크리고 앉아 있는데 먼 하늘에서 번개가 번쩍했다. 마치 지구 위에 펼쳐진 혈관 같았다. 몇 초 후 우르르 쿵쾅 하는 낮은 천둥소리가 들렸다. 거리는 꽤 멀었지만 무서웠다. 춥기도 해서 재빨리 달려 차로 돌아왔다. 이번에는 다시 히미쓰가 운전석에 앉아 있었다.

카라코룸부터는 더욱 울퉁불퉁한 길이 시작되었다. 몸이 튀어 오른 순간 천장에 머리를 부딪칠 뻔했다. 하지만 잠을 자기로 했다. 자는 것 외는 달리 시간을 보낼 길이 없었다. 바깥 풍경이 점점 초록으로 변해가는 것을 느꼈다. 비는 이제 본격적으로 쏟아지고 있었다.

"미미, 도착했어."

나루야의 목소리에 눈을 떴을 때 여기가 어디인지 알 수 없어 몇 번이고 눈을 깜빡였다.

"여기가 온천이야?"

구사쓰 온천(일본 군마 현에 있는 온천 – 옮긴이)을 상상했던 나는 이 초원 어디에 온천이 있는 것인지 알 수 없었다.

"우선 내려. 짐은 옮겨 줄게. 직원이 와서 바로 미미를 게르로 안내해 줄 거야."

뒤를 돌아보며 나루야가 말했다. 조금 전에 볼일을 보러 나갔을 때보다 기온이 한층 더 내려가 있었다.

"여긴 어디야?"

발아래에 난 풀을 헤치고 걸으며 옆에 있는 나루야에게 물었다. 신발과 양말이 금방 젖었다.

"관광 캠프야. 히미쓰의 지인이 여기에서 아르바이트를 하고 있대."

내가 안내 받은 게르는 아버지와 어머니의 게르보다도 훨씬 작았고 침대는 한 개밖에 없었다. 무거운 가방을 가져다 준 직원에게 나루야가 몽골말로 얘기했다. 무슨 말인지 자세히는 모르지만 마지막에는 "오케이."라고 했다.

"미미, 여기서 편히 쉬어. 나와 히미쓰는 건너편 언덕에 텐트를 치고 있을 테니 무슨 일 있으면 직원에게 얘기해. 아까 그 남자는 영어를 조금 할 줄 알아."

나루야가 너무도 아무렇지 않게 얘기를 하는 바람에 '나 혼자 게르에서 자라고?' 하는 말은 꺼내지도 못했다. 갑자기 마음이 허전해졌다.

"온천은?"

나는 가까스로 물었다.

"그게, 이 캠프에도 있었는데 아까 파이프가 부서져서 고쳐야 한다네. 조금 걸어서 맞은편에 가면 유료 공중목욕탕이 있대. 어떻게 할래? 내일까지 기다리면 이곳에서 온천에 들어갈 수 있을 거고."

나루야가 태평하게 상황을 설명해서 나는 그만 떼를 쓰듯 빠르게 대답했다.

"지금 온천에 들어가서 몸을 데우고 싶어."

"알았어. 그러면 내가 텐트를 칠 시간을 줘. 조금 있다가 미미를 부르러 올게."

나루야가 게르에서 나가자 갑자기 고요가 밀려왔다. 파이프가 고쳐지길 기다렸다가 이 캠프의 온천을 이용하는 것이 나을지도 모른다. 나루야도 장시간 운전으로 피곤할 것이다. 하지만 이렇게 몸이 으슬으슬한데 목욕도 하지 못하고 잔다는 건 너무 힘든 일이다. 기온이 점점 떨어질지도 모르고. 나는 곱은 양손에 입김을 호호 불었다. 입김이 뿌옇게 나왔다.

아니, 여긴 분명 여름 아니었나? 스스로에게 물었다. 테이블 위에 포트가 있어서 차를 마셔야겠다고 생각했다. 하지만 가방 주머니에 들어 있던 녹차 티백을 꺼내 컵에 넣고 포트를 들어 올린 순간, 포트 안에 뜨거운 물이 들어 있지 않다는 것을 깨달았다. 혹시나 해서 뚜껑을 열고 안을 들여다보니 뜨거운 물은 커녕 죽은 나방이 한 마리 들어 있었다.

하는 수 없지, 여긴 일본이 아니야. 내가 태어났을 때만 해도 사회주의였던 몽골이니. 스스로를 달래며 게르의 문을 열고 나방의 사체를 밖으로 휙 던져 버렸다.

직원에게 뜨거운 물을 부탁할까 망설이다가 번거로워서 그만두었다. 차도 마실 수 없어서 하는 수 없이 나루야가 데리러 오기까지 가방 안의 짐을 정리하기로 했다. 오늘부터 이 캠프에서 사흘을 보낸다고 했다. 혹시 쓸 일이 있을까 해서 가지고 온 양모 점퍼를 꺼내 바로 껴입었다. 입김이 점점 더 진해진다.

"오래 기다리셨습니다!"

나루야가 내가 있는 게르에 왔을 때는 '잠깐'이라고 말하고 나가서 한 시간이 지난 후였다. 일본에서 가지고 온 시계가 8시 반을 가리키는 걸 보니 일본과의 시차가 한 시간인 몽골은 지금 저녁 7시 반이라는 얘기였다. 그런데도 아직 밖은 밝았다.

"아마 건너편 온천은 8시에 닫는 것 같으니까 빨리 가자. 그러고 나면 셰프가 식사를 준비해 줄 거야."

나루야는 늦게 와 놓고는 되려 서둘렀다. 그도 온천에 들어갈 생각인지 늘 쓰던 수건을 목에 걸고 나타났다. 나는 목욕용품을 들고 일어섰다.

조금 전까지는 미처 몰랐는데 캠프는 울타리로 둘러싸여 있었다. 나의 게르과 똑같은 게르가 몇 개 더 있었다. 걸어가면서 나루야가 캠프 화장실의 위치와 사용법을 가르쳐 주었다. 수세식이긴 하지만 물이 막히는 경우도 자주 있다고 했다. 화장실 휴지가 원인이어서 사용한 후에는 비치된 휴지통에 버려야 한다는 것이다.

노천에서 볼일을 보았던 나에게는 오히려 몽골의 화장실이 더 불편하게 느껴졌다. 한없이 넓게 펼쳐진 초원이 있으니 화장실이 아니어도 괜찮은데.

온천물은 원천에서 모터로 끌어올려 파이프를 통해 조달되는 시스템이었다.

"그러면 원천으로 가는 게 낫겠네."

이제 곧 따뜻한 물에 몸을 담글 생각을 하니 기분이 조금 살아났다. 비가 그친 뒤의 초원은 반짝이는 초록 물결이 일렁거렸다. 캠프에서 원천까지는 하나의 긴 산책로 같은 길로 이어져 있었다. 나는 어릴 적에 아버지와 손을 잡고 걸었던 오제(尾瀬)의 길을 떠올렸다.

"왠지 천국으로 이어진 것 같아."

우리는 석양을 바라보며 걸었다. 태양이 오늘의 마지막 빛을 내뿜었다. 그 길과 오제가 겹치면서 천국으로 이어진 길은 이렇게 눈부시게 아름답지 않을까 하고 생각했다. 마치 영화의 한 장면 같았는데 "여기가 온천이야."라는 나루야의 말에 현실을 마주하는 순간, 나의 마음속에 피어올랐던 휘황찬란함은 일제히 사그라졌다. 온천은 이름뿐이었고 그냥 허름한 오두막이었다. 주뼛거리며 문을 열자 판자로 나뉜 공간에 욕조 두 개가 있었다. 그런 공간이 세 개 있을 뿐이었다.

"정말 너무한데. 이건 교도소에 있는 목욕탕 같잖아."

나도 모르게 불쑥 심한 말을 내뱉었고 나루야도 충격을 받았는지 말 없이 움직이지 않았다.

"어떻게 할래? 미미."

어려운 선택이었다. 계속 고민하고 있는데 아주머니가 다가

와 빠른 몽골말로 나루야에게 말을 걸었다. 아마도 이 원천을 관리하는 사람인 것 같았다. 손에는 바가지를 들고 있었다. 나루야는 몇 번 고개를 가로저었다.

"왜 그래?"

아주머니가 가고 나서 물었다.

"조금 있으면 끝나니까 들어가려면 어서 들어가라고. 미미가 들어간다면 나는 저기에서 기다릴게."

그런데 나루야의 표정이 어두웠다.

"응? 나루야는 안 들어가?"

"여기밖에 빈 곳이 없대. 들어가려면 같이 들어가라고 하네."

아무리 그래도 나루야와 둘이서 들어갈 수는 없었다.

"알았어. 그럼 빨리 들어갔다가 나올게."

나는 서둘러 목욕을 마쳐야겠다고 결심하고 안으로 들어가 열쇠를 잠그고 재빠르게 옷을 벗고 탕에 들어갔다.

온천수 자체는 아주 좋았다. 조금 뜨거웠지만 견딜 수 없는 정도는 아니었다. 옆에는 몽골인 부자 셋이 들어갔는지 어린 아이들의 목소리가 들려 왔다. 다시 선생님이 생각났다. 만나지 못한 지 2년이 지났는데. 헤어질 때는 선생님 없이 어떻게 살 수 있을까 앞이 캄캄했지만 벌써 2년이란 시간을 살았다. 가까스로 살아온 것이지만.

탕 안에서 몸을 녹이면서 손발을 젓고 있으니 몸이 조금씩 따뜻해졌다. 겨우 후 하는 깊은 호흡이 흘러나왔다. 참 멀리도

왔구나. 먼 곳으로 가고 싶다고 생각했지만 실제로는 거리상으로 멀리 와 있는 것이 아니라 시간여행을 하고 있는 기분이었다.

하지만 느긋하게 있을 수는 없었다. 손님이 없는지 다른 칸에서는 아주머니가 청소를 시작한 것 같았다. 계속 탕 안에 몸을 담그고 있고 싶었지만 자리에서 일어섰다. 탕의 수도는 나무로 만들어져 있고 두 개의 욕조도 똑같은 모양은 아니었다. 자세히 살펴보니 모두 손으로 만든 것이었다. 나도 만들 수 있을 것 같은 간소한 판잣집이었다.

"물이 좋더라."

서둘러 옷을 입고 밖으로 나오자 나루야는 작은 도랑 같은 곳에 발을 담그고 있었다.

"그건 족탕인 건가?"

머리에 수건을 두르며 물었다.

"좀 미지근하지만."

나루야가 나를 보았다. 민낯을 보이는 것이 창피해서 얼굴을 수건으로 가렸다. 내가 목욕탕에 들어간 사이 해가 졌는지 아까보다 어스름했다.

"아까 목욕탕 관리를 하는 아주머니 봤지? 오늘은 이미 끝났지만 그 사람 딸이 저기 작은 방에서 진흙으로 전신 마사지를 해 주는 모양이야."

수건으로 발을 닦으며 그가 힐끗 맞은편에 있는 작은 방을 보았다.

"마사지 좋아하는데."

몽골에서 마사지를 받다니 생각만 해도 좋았다.

"내일 한 번 상황을 보고 정하자."

그리고 우리는 다시 천국으로 이어진 길을 되돌아갔다.

산책로가 부서져 곳곳에 물이 고여 있었다. 나루야가 자연스럽게 손을 잡아 주었다. 그런 행동을 어디에서 배웠을까 생각하면서 나도 당연한 듯이 그 손을 잡았다. 길을 되돌아가면서 손을 잡고 걸었다. 나루야의 손은 상상했던 것보다 조금 작았다.

온천의 물이 좋아서였는지 우울했던 기분이 조금 나아졌다. 안내받은 게르에 처음 들어갔을 때는 어서 여기서 나가고 싶은 마음뿐이었다. 아버지와 어머니가 생활했던 게르와는 뭔가 다른 느낌이었다. 뭐라고 해야 할까, 이곳의 게르는 온기가 없었다. 살벌하고 음산한데다가 곰팡이 냄새 같은 것도 났다.

저녁은 셰프가 준비한다고 해서 근사한 음식을 기대하며 들뜬 기분으로 식당에 갔더니 테이블에는 이미 음식이 담긴 그릇이 놓여 있었다. 나루야는 먼저 자리에 앉아 기다리고 있었다.

"히미쓰는?"

음식이 담긴 그릇은 두 개밖에 없었다.

"히미쓰는 아는 유목민의 집으로 놀러 갔어. 자, 식기 전에 먹자."

나루야가 내 컵에도 홍차를 따랐다.

잘 먹겠습니다, 하고 외치며 숟가락을 들었다. 밥을 한 숟갈 입에 넣자 나는 그만 울고 싶어졌다. 어제 만들어 둔 식은 밥이었다. 그 위에 토마토소스를 뿌려서 만든 것 같은 볶은 고기가 덮여 있었다. 쭈뼛거리며 입에 넣는 순간 망연자실하고 말았다. 씹으면 씹을수록 괴로워지는 맛이었다. 이렇게 맛없는 건 먹어 본 적이 없었다. 맛이 없는 것뿐 아니라 뭐랄까, 애정이 전혀 느껴지지 않는다고나 할까.

"이거 정말 셰프가 만든 건가?"

울상이 돼서 목소리가 쥐어짠 듯 흘러나왔다. 나루야는 이런 음식이 아무렇지도 않은지 담담하게 입을 움직였다.

"괜찮으면 이것도 먹어. 난 아까 일본에서 가지고 온 과자를 먹었더니 배가 불러서."

또 없는 말을 지어내며 어떻게든 그 자리를 얼버무려 넘기려했다. 한 입 먹은 것뿐인데 식욕이 완전히 사라져 버렸다.

"너무 장시간 이동해서 피곤한가 봐. 먼저 방에 들어가서 쉴게."

나는 그 자리에 있는 것조차 견디기 힘들어서 나루야가 내 음식을 먹는 것을 보다가 먼저 자리에서 일어섰다. 나루야가 걱정하지 않도록 되도록 밝은 목소리로 둘러댔다.

"그럼 잘 자."

식당이 있는 게르의 출입구에서 뒤를 돌아보며 말했다.

"미미, 그럼 편히 쉬어."

나루야가 평소처럼 인사했다.

"나루야도 운전하느라 힘들었을 테니 푹 쉬어."

"응, 고마워."

그리고 게르로 돌아와 아주 캄캄해지기 전에 이를 닦았다. 그런 다음 잠옷으로 갈아입고 이불 속으로 들어갔다.

잠자리는 편치 않았다. 침대가 완전히 휘어져 있었다. 잠깐 누웠는데도 허리와 등이 아팠다. 어서 잠이 들어서 날이 밝기를 바랐다. 하지만 몸이 식은 탓인지 좀처럼 잠이 오지 않았다. 오히려 정신이 점점 또렷해져 갔다. 일본에서 가지고 온 시계의 초침 소리가 고막을 찢을 듯이 울렸다. 이윽고 바람이 세차게 불어 게르의 장막이 펄럭거리기 시작했다. 시끄러워서 점점 더 잠을 잘 수가 없었다. 그리고 순식간에 폭풍우로 변했다.

"나루야, 무서워. 도와줘."

나는 이불을 머리끝까지 뒤집어쓰고 혼잣말을 했다. 그때 몽골에서도 휴대전화를 사용할 수 있다는 말이 떠올랐다. 아무리 막대한 요금이 나와도 상관없고 누구라도 좋으니 전화를 해야겠다고 생각했다. 점점 깊어지는 어둠 속에서 가방에 들어 있는 휴대전화를 찾았다. 하지만 해외에서도 사용할 수 있게 설정해놨었는데 지금은 통화권 밖에 있었다.

"이런!"

괜히 화가 나서 휴대전화를 이불 위에 던져 버렸다. 너무 무서웠다. 세찬 바람에 게르가 통째로 멀리 쓸려 가 버리지 않을까 싶을 정도였다. 다시 이불 속으로 들어가 태아처럼 둥글게 몸을 웅크리니 눈물이 나왔다. 도대체 나는 무얼 하러 이곳에 왔단 말인가. 하루라도 빨리 일본으로 돌아가고 싶다.

컵라면이든 뭐든 좋으니 일본 음식을 먹고 싶었다. 이제 고기는 그만 먹고 싶다. 생선이 먹고 싶었다. 말린 전갱이든 고등어 된장조림이든 뭐든 상관없었다. 즉석 식품도 통조림도 좋다. 일본 음식을 떠올리다 보니 갑자기 배가 고파졌다. 가방 안을 뒤지면 사탕이나 껌 정도는 있겠지만 몸을 움직일 만한 기력은 남아 있지 않았다.

"무서워."

내가 낸 목소리만이 공허하게 울렸다.

밖에서는 뭔가가 바람에 날리는지 때때로 부서지는 소리가 났다. 천장에 난 창문 틈으로 비가 들이치는 것이리라. 아까부터 끊임없이 물방울 떨어지는 소리가 들렸다. 아마 소나기구름이 바로 위에 있는 것 같았다. 계속해서 땅을 울리는 소리가 들렸다. 땅에 꽂힐 때마다 지진처럼 지면이 울렸다.

어쩌면 죽을지도 모른다는 생각을 했다. 이렇게 일본에서 멀리 떨어진 곳에서 죽는다면 마지막까지 어머니를 힘들게 하는 셈이다. 아버지가 병으로 죽고 몇 년 후 재혼해서 아주 남이 되어 버린 어머니를 나는 냉소적인 시선으로 바라보았다. 그러기 전까지는 사이좋은 모녀지간이었는데. 엄마, 미안해. 엄마는 엄마대로 외로웠을 테지. 나를 키우기 위해서 남자의 힘이 필요했을지도 모르고.

나는 아직 한 번도 어머니의 재혼 상대를 아버지라고 부른 적이 없었다. 나의 아버지는 오제의 길을 함께 걸었던, 그 아버지뿐이라는 생각에 늘 남처럼 다나카 씨라고 불러 왔다. 하지만 새아버지, 만일 내가 이대로 죽으면 우리 엄마를 부탁해요. 어머니는 이미 첫 남편을 잃었고 하나밖에 없는 딸도 잃으면 너무 슬퍼서 절망에 빠져 버릴 테니까요.

마치 죽음을 직전에 둔 사람처럼 나는 여러 가지 생각에 빠져들었다. 바로 옆에 번개가 떨어진 듯, 순간 대낮처럼 환해졌다. 나루야는, 나의 첫사랑 나루야는 괜찮을까. 이런 폭풍우는 텐트 따위 간단히 날려 버릴 것이다.

그러나 폭풍은 조금씩 멀어졌다. 게르를 두드리던 빗소리가 수그러지고 바람도 점차 약해졌다. 천둥 번개는 여전히 울렸지만 조금 전과 같은 규모는 아니었다. 겨우 마음이 진정되면서 눈이 스르르 감겼다.

"어제 괜찮았어? 게르가 통째로 날아가 버리는 건 아닌지 걱정했어."

아침에 게르 앞에서 이를 닦는데 나루야가 맞은편에서 걸어왔다.

"아무래도 텐트는 너무 위험해서 유목민의 게르로 피난을 갔었어. 미미도 걱정스러웠지만 번개가 너무 세게 쳐서 보러 올 수가 없었어. 잠은 좀 잤어?"

"그런대로."

마치 폭풍우를 체험하는 영상이라도 보고 온 듯했다. 현실에서 겪은 일인데도 다시 떠올려 보면 꿈을 꾼 듯한 기분이었다.

그때 식당이 있는 게르의 입구에서 키 큰 남자가 얼굴을 내밀었다. 하얀 요리사 복장을 하고 머리에도 멋진 요리사 모자를 썼다. 불길한 예감에 나루야를 보았다.

"저 사람이 이 캠프의 셰프야."

나루야가 친숙하게 그를 향해 손짓하며 소개해 주었다. 얼굴과 표정에 아직 앳된 구석이 남아 있었다. 청년이라기보다는 소년이라는 말이 더 어울렸다.

"몇 살이야?"

내가 생각해도 쌀쌀맞다고 느껴지는 말투로 나루야에게 물으니 그가 셰프에게 몽골말로 대신 물었다.

"이제 스무 살이 되었대."

다른 것도 묻고 싶었지만 나는 애써 입을 다물었다. 혹시 어제 먹은 음식은 다른 셰프가 만든 것일지도 모르니까.

아침 식사 준비가 되어서 나루야와 그대로 식당으로 갔다. 차려진 것은 난이었다. 혹시나 하는 마음에 기대를 하고 손으로 만져보니 완전히 식어 있었다. 옆에는 잼과 크림 같은 것이 곁들여져 있었다. 아마도 이것이 전부인 듯했다. 나루야가 어제처럼 컵에 홍차를 따라 주었다. 뚱한 얼굴로 "잘 먹겠습니다" 하고 말했다.

"몽골 사람들은 따뜻한 음식을 먹지 않나 봐."

어제 먹은 밥도 그렇고, 난도 그렇고, 다 차가웠다. 난은 막 구워낸 것과는 먼 맛이었다. 홍차를 함께 마시지 않으면 입 안에 계속 남아 있었다.

"꼭 그렇지만은 않은데……."

나의 불만이 전해졌는지 나루야가 미안한 듯이 중얼거렸다. 그가 잘못한 것도 아닌데 괜히 그에게 투정을 부리고 있었다.

"오늘은 나담이니까 맛있는 것을 먹을 수 있을 거야."

변명을 하는 아이처럼 나루야의 목소리가 작아졌다.

"나담?"

그러고 보니 몽골에 오기 전에 나루야가 했던 말이 생각났다. 나담이라는 말에 용기를 얻었는지 그의 표정이 밝아졌다.

"몽골 사람들이 기대하고 기대하는 유목민의 축제야. 매년 7월에 하는데 스포츠 제전 같은 것이라고 할까? 몽골 씨름과 활 쏘기, 말 타기, 이 세 가지를 겨루지. 울란바토르 근교에 있는 경기장에서 열리는데 텔레비전에서도 중계하는 것으로 유명해. 지방에서도 마을 단위로 소규모 나담이 열려."

"몽골 씨름은 알고 있어. 펄럭거리는 바지를 입고 머리에는 외계인 같은 모자를 쓰고 하는 것 말이지?"

"음, 그런 느낌이지."

"나루야도 나담에 나간 적이 있어?"

차가운 난을 조금씩 베어 먹으며 묻자 그가 조금 생각한 후에 차분한 말투로 대답했다.

"아니. 경마도 씨름도 활도 진짜 몽골 사람들을 당해낼 재간이 없어."

그의 말투는 어딘가 반만 유목민의 피가 흐르는 자신의 입장을 한탄하는 듯했다. 나루야는 분위기를 바꾸려는 듯 화제를 돌렸다.

"오늘은 산양을 먹는다고 하더라. 모두들 난리야."

나도 따라서 목소리를 높였다.

"산양이라면 이 주변에 있는 산양 말이야?"

화제가 갑자기 산양으로 바뀌어 조금 당혹스러웠다.

"맞아. 한 마리를 잡아 푹 쪄서 먹는 거지."

나루야가 당연하다는 듯이 말했다.

"나루야가 하는 거야?"

"아냐, 나는……."

"뭐야, 자기가 유목민이라고 하고선 못하는 거야?"

애써 농담으로 얼버무렸다.

"살아 있는 것에 손을 집어넣어서 혈관을 만진다니, 난 못해. 뜨뜻하기도 하고 내장이 꿈틀대기도 한다고."

나루야가 마음속 깊이 오싹하게 느껴진다는 표정을 지었다.

"그렇구나. 유목민이라면 누구나 가축을 해체할 수 있다고 생각했는데 다 그런 것도 아니었네."

마지막 남은 난을 입에 넣었다. 손가락 끝이 기름으로 반질

거렸다.

"점심부터 시작인 것 같은데 미미는 그때까지 뭐 할 거야? 승마를 하려면 유목민에게 말을 빌려 와야 해. 말을 탄 적은 있어?"

"음, 그러니까……."

나는 웅얼거리면서 떠올리고 싶지 않은 기억을 끄집어냈다.

"한 번 있어. 이즈오 섬에 갔을 때."

초등학교 졸업을 기념해 어머니와 함께 갔던 여행이었다. 나는 그때 처음으로 어머니가 재혼한다는 사실을 알았다. 배를 타고 갔던 이즈오 섬을 마지막으로 어머니와 둘이서는 여행을 가지 않았다. 어머니의 재혼 상대와 어머니, 나, 이렇게 셋이서 가거나 내가 집을 지키고 있거나 했다.

"말을 타고 싶지만 여기 온 지 얼마 되지 않았으니 오전 중에는 짐을 정리하면서 쉬고 있을게. 빨래도 하고 싶고 일본에서 가지고 온 책도 전혀 읽지 못해서……."

일을 그만두었으니 쫓기듯 새로 나온 책을 읽지 않아도 되건만 공항 서점에 있는 어느 작가의 최신작을 발견한 순간 본능적으로 책을 들고 계산대로 갔다.

"오케이. 그럼 근처에 있을 테니까 무슨 일 있으면 불러."

나루야가 자리에서 일어났다.

"아, 여기는 어디를 가면 전파가 잡힐까? 어제 전화를 걸려고 했는데 전혀 되지 않더라고."

일본에서 가지고 온 휴대전화를 사용할 수 있다면 알아두어야 했다.

"나도 자세한 건 잘 모르니까 여기 직원에게 물어보고 알려 줄게."

"고마워."

대답하면서 나도 자리에서 일어섰다.

하지만 우아하게 책을 읽을 환경은 아니었다.

마당 한쪽에 정자 같은 것이 있어서 그곳에 앉아 책을 읽기 시작했지만 바람에 세차게 불어서 책장이 마구 넘어갔다. 게다가 추운 것인지 더운 것인지 알 수 없는 날씨에 갑자기 기온이 올라갔다고 생각했더니 이내 차가운 공기가 훅 몰려왔다. 이런 날씨에 기분이 좋을 리가 없었다. 그런데다 직원들이 켜 둔 음악 소리가 엄청나게 컸다. 몽골에 있는 사람이라면 다 들을 수 있을 것 같은 커다란 소리가 일본의 흘러간 유행가처럼 계속해서 들려왔다. 책의 내용에 집중하려고 했지만 금방 생각이 흐트러졌다.

"아, 시끄러워."

불쑥 일본어로 화를 냈다. 하지만 그 목소리마저도 유행가에 묻혀 버렸다. 겨우 몇 분 동안 나와 있었는데 몸이 완전히 차가워졌다. 계속 있어 봤자 책을 읽을 수 없을 것 같았다. 나는 마침 옆을 지나가는 직원에게 영어로 말을 걸었다. 하지만 그는 전혀 알아듣지 못했다. 발음이 이상했을까 싶어 다시 물어보았지만 역시 말이 통하지 않았다. 단어만 힘주어 말을 해도 마찬가지였다. 혹시 몰라서 일본어로 천천히 '목욕탕'이라고 말해 보았지만 역시 아무 반응이 없었다. 흥분한 나머지 '나루야'라고 말했더니 알아들었는지 조금 후에 나루야를 데리고 왔다.

"나루야, 나 목욕탕에 가고 싶은데."

말하고 싶은 것은 산더미 같았지만 꾹 참고 한 가지 용건에 집중했다.

"지금 직원들이 파이프를 고치고 있어."

나루야는 곤란한 얼굴로 파이프가 있는 곳을 돌아보았다.

"그렇구나."

"미안."

"나루야가 미안할 일은 아닌데, 뭐."

"그래도 나도 같은 몽골 사람으로서 미안하긴 하지. 모처럼 미미가 와 줬는데……."

나루야가 너무 풀이 죽는 바람에 오히려 가엾을 지경이었다.

"그럼 휴대전화는? 그래. 산책이라도 할 겸 전파를 잡으러 다녀올게. 장소를 가르쳐 주면 혼자서도 괜찮으니까……."

분위기를 바꿀 생각으로 나루야에게 물었다.

"음, 그러니까…… 이 주변에는 전파를 잡을 수 있는 곳이 전혀 없다네."

나루야가 미간을 찌푸리며 시무룩한 표정을 지었다.

"이 주변 어떤 언덕이든 안 된다는 말이야? 그럼 어디로 가면 되는지만 알려 주면 내가 거기까지 걸어서 다녀올게."

혹시라도 그만둔 회사의 상사가 연락을 할지도 모른다. 인수할 일도 있으니 그만둔 뒤에도 연락을 할 수도 있다고 말했다.

"그건 아마 무리일 거야."

나루야가 고개를 숙이고 작은 목소리로 대답했다.

"여기에서 차로 두 시간 정도 가야 하고 거기에 가도 미미의 휴대전화를 정말 쓸 수 있을지는 잘 몰라."

갑자기 기분이 나락으로 떨어졌다.

"하지만 이 캠프에는 전화가 있지 않아?"

무슨 일이 있을 때 연락을 취할 수 있는 수단을 알아 두지 않으면 안 된다.

"그게……."

나루야의 표정이 흐려졌다.

"전화도 연결이 안 된대."

최후의 일격을 당한 기분이었다. 시야에 철로 된 셔터가 철커덩 내려왔다.

"알았어."

이곳은 일본이 아니다. 내가 원해서 이곳에 온 것이 아닌가. 스스로에게 책임을 물었다. '로마에 가면 로마법을 따르라'는 말은 지금 나와 같은 사람을 위해 생겨난 말이었다.

"정말 미안! 나도 파이프 수리하는 걸 도와주러 가야 해서."

한 손으로 미안하다는 손짓을 하며 얼굴을 찡그렸다.

"나루야는 직원도 아닌데 그런 것까지 하는 거야?"

"그런 건 상관없어."

나루야는 나를 똑바로 바라보며 단호하게 대답했다.

"어려움에 처한 사람을 보면 돕는 게 몽골 사람들의 상식이야. 게다가 나중에 혹시라도 쓸 일이 있지 않을까 싶어서 일본에서 열심히 기술을 익히고 있는 중이거든."

"나루야가 취직도 안 하고 그 일을 하는 것도 그런 이유였어?"

"뭐, 그렇지. 말하자면 길지만."

나도 나의 미래를 가늠하지 못하고 있다.

"당연한 일이라고 생각해. 몽골은 내가 태어난 고향이랄까, 출생지잖아. 그래서 보답을 하고 싶은 것뿐이야. 연어는 마지막에 자신이 태어난 곳으로 돌아온다고 하잖아. 나도 내가 태어난 곳으로 돌아오는 거지."

나루야의 얼굴에 간신히 미소가 돌아왔다. 그 표정을 보니 굳어 있던 나의 마음도 조금 수분을 머금은 듯이 누그러졌다.

"그럼 이따가 봐."

나는 게르를 등지고 걸어가기 시작했다.

"파이프가 다 고쳐져서 목욕탕에 들어갈 수 있게 되면 바로 부르러 올게."

나루야도 다른 방향으로 걷기 시작했다. 햇볕이 강렬했다. 아주 잠깐 햇볕을 쐬었는데 얼굴과 등이 쓰라렸다.

점심을 먹은 후 아무리 기다려도 파이프가 고쳐졌다는 기별이 없어서 하는 수 없이 어제 나루야가 안내해 준 원천에 가 보기로 했다. 게르 안에 틀어박혀 있을수록 기분만 가라앉았다. 파이프를 고치는 현장을 지나는데 나루야가 땀으로 흠뻑 젖은 채 땅바닥에 쭈그리고 앉아 있었다. 함께 있는 사람은 아까 보았던 셰프와 낯익은 직원들이었다. 몽골에서는 무엇이든 스스로 고치는 것이 당연한 일로 여겨진다. 셰프는 새로 맞춘 것 같은 요리사 복장보다 파이프 수리를 위해 입은 옷이 훨씬 잘 어울렸다. 아무 말 없이 옆을 스쳐 지나갔다. 그리고 초원 한가운데에서 이어진 천국으로 향하는 길을 걷고 있자니 맞은편에서 여자가 걸어와 말을 걸었다.

"안녕하세요? 나, 모치코라고 합니다."

불안정한 파도 위에서 위태롭게 서핑을 하는 것처럼 느껴지는 억양이었다.

"모치코?"

돌연 일본어로 말을 걸어오는 터라 놀라서 되물었다.

"혹시 괜찮다면 진흙 마사지, 체험해 보지 않겠어요?"

유창하다고는 할 수 없는 로봇이 억양 없이 읽는 듯한 말투였다.

나루야가 우리의 대화를 듣고 뒤에서 나를 불렀다.

"미미! 모치코는 그 아주머니 딸이 아니고 조카딸이래. 마사지, 굉장히 좋대. 여기 사람들한테도 인기가 있다나 봐. 그분이라면 일본어도 할 수 있고."

나루야의 말을 마지막까지 다 듣지도 않고 모치코 씨에게 고개를 숙였다.

"부탁드릴게요."

갑자기 고기 중심의 식사로 바뀌어서인지 아까부터 배가 요동을 치는 중이었다. 아버지와 어머니가 있던 곳에 머물 때에는 괜찮았는데 여기 와서부터 갑자기 상태가 나빠졌다. 설사와 변비가 번갈아 오는 느낌으로 배가 더부룩해서 괴로웠다. 게다가 아까부터 위가 쥐어짜듯 아팠다.

나루야가 요금을 흥정해 주었는데 일본과 비교하면 놀랄 만큼 싼 금액이었다. 모치코 씨를 따라서 걸어가다가 오두막에 도착했다.

"안몸."

의미를 알 수 없는 말이었다.

"안몸?"

내가 되묻자 그녀가 일본어로 또박또박 끊어가며 의미를 전달하려고 애썼다.

"전부, 옷, 벗어요."

"아, 알몸 말이군요."

의미를 알아채고 내가 다시 말했다.

"그래, 그래요. 그거, 알몸."

모치코의 얼굴에 환한 빛이 돌았다. 방금 만난 사람 앞에서 옷을 다 벗는다는 것에 약간의 저항감이 일었지만 일본 온천이어도 그랬을 테니 서둘러 속옷까지 모두 벗어 버렸다.

"침대에, 누워 주세요. 위를 보고."

또 로봇과 같은 말투였다. 비닐 시트를 깐 자리 위에는 이미 시커먼 진흙이 칠해져 있었다. 등을 대자 기분이 좋을 만큼 따뜻했다. 내가 드러눕자 모치코가 연못 같은 곳에서 진흙을 퍼서 목부터 차례로 끼얹었다. 어제 몸을 담근 온천수처럼 유황가스 같은 삶은 계란 냄새가 났다.

뜨거운 진흙은 정말 기분 좋은 느낌이었다. 목, 배, 허벅지, 발끝이 순식간에 진흙투성이로 변했다. 몸이 완전히 진흙으로 뒤덮이자 모치코는 "영차!" 하면서 몸을 시트로 단단히 쌌다. 손과 발을 움직이지 못하게 되자 강보에 싸인 아기 같았다. 그러고는 다시 비닐로 꼭 덮었다.

비닐 안에 열기가 모여서 더욱 뜨거워졌다. 모치코는 나의 얼굴에도 진흙을 발랐다. 내 모습을 볼 수는 없지만 옆에서 보면 아주 우스꽝스러울 것이다.

"Fifty minutes."

모치코는 이 말만큼은 정확한 영어로 말하고 오두막에서 나갔다. 진흙에 몸이 녹아 버릴 듯 기분이 좋았다.

어젯밤에 거의 잠을 자지 못한 탓이기도 했다. 금방 의식이 멀어져 갔다. 잠깐 꿈을 꾼 것 같기도 했지만 내용은 기억나지 않았다. 어쨌든 이대로 영원히 진흙에 싸여있고 싶었다. 자신의 코고는 소리에 놀라다가도 다시 꿈나라에 이끌려 들어갔다.

몽골까지 와서 마사지를 받다니.

모치코가 노래를 부르며 돌아왔다. 조금 더 이대로 있고 싶었지만 규정 시간이 있으니 어쩔 수 없었다. 진흙 속에서 땀을 흠뻑 흘리고 있다는 것을 깨달았다. 몸에 숨어 있던 쓸데없는 노폐물들이 빠져나와서 가벼워진 느낌이었다.

모치코가 비닐과 시트를 차례로 벗기고 몸에 묻은 진흙도 살짝 떼어 주었다.

"정말 기분 좋았어요."

입술 주위에 묻은 진흙이 입 속으로 들어갈까 조심스럽게 작은 소리로 속삭였다.

가만히 지켜보니 모치코의 일은 상당한 중노동이었다. 실제로 진흙을 만져 보니 생각보다 묵직했다. 한 번 사용한 진흙은 다시 연못 같은 곳에 담았다. 그 작업을 모치코 혼자서 해나갔다.

자리에서 일어나 진흙이 담긴 연못에 걸쳐 놓은 판 위에 웅크리고 앉자 모치코가 등에 따뜻한 물을 끼얹었다. 피부가 촉촉하게 빛났다. 아직 남은 진흙은 내 손으로 물을 끼얹어 씻어 냈다. 얼굴에 물을 붓자 아기 피부처럼 탱탱해졌다.

"몸을 씻고, 옷을 입고, 저기 있는 탕에 들어가요. 오늘은 무리하지 말고, 차가운 것, 먹거나 마시는 것, 절대 안 돼요. 내일, 몸이 많이 좋아져요."

"정말 감사합니다. 바야를라."

양손을 가슴 앞에 모아 감사의 인사를 했다. 돈을 내고 오두막을 나왔다. 아주머니가 일러준 방으로 가니 따뜻한 물이 찰랑이고 있었다.

"아!"

탕에 몸을 담그자 탄식이 절로 나왔다. 천국이었다. 해가 저물 때까지 이렇게 있고 싶었다. 겨우 있을 곳을 찾은 기분이었다. 어제 처음에 이곳에 왔을 때는 교도소에 있는 목욕탕 같아서 실망했지만 이제 익숙해진 것일까. 자신도 놀라고 말았다. 의식이 점점 흐릿해졌다.

시계가 없어서 얼마나 몸을 담군 것인지 알 수는 없지만 개운한 기분이 들어 오두막을 나서자 모치코와 나루야가 밖에서 즐겁게 대화를 나누고 있었다.

"파이프 다 고쳤어."

오두막에서 나온 나를 보고는 나루야가 당당하게 말했다.

"수고했네. 그런데 여기 목욕탕도 정말 좋았어. 게다가 모치코의 진흙 마사지는 더 좋았고."

"응, 지금 모치코한테 들었어. 미미가 정말 기분 좋게 잠을 자더라고. 모치코가 말을 걸어도 쿨쿨 잠만 잤대."

나루야에게 그런 것까지 얘기한 모치코가 원망스러웠다. 하지만 기분이 좋아져서인지 대충 넘어가기로 했다. 푹 잔 것도 사실이고.

"이제 좀 시원해지면 산책하러 가자. 지금 모치코가 경치 좋은 곳을 볼 수 있는 언덕까지 가는 법을 알려 줬어."

나루야의 옆얼굴이 태양 빛에 물들어 황금색으로 반짝였다.

"그러자. 어제부터 계속 운동도 하지 않았으니까."

"그럼 나도 몸을 좀 담그고 미미가 있는 게르로 데리러 갈게."

"나중에 봐."

인사를 나누고 그곳을 나왔다. 멀리 바라보니 광활한 경치가 펼쳐져 있었다. 이제는 익숙해졌지만 잘 생각하면 일본에서는 이런 풍경을 본 적이 없었다. 역시 몽골에 오길 잘한 걸까. 마음에 드리운 커튼이 조금 열린 셈이었다.

목욕을 마친 나루야와 산책길에 나섰다. 나는 얼굴에 선크림을 발랐다. 이제 와서 화장을 하고 싶지는 않았다. 그런데 걷고 또 걸어도 언덕의 정상에 도달하지 못했다. 일본과는 다르게 건물 같은 것이 없어서 거리 감각이 없었다. 간신히 정상에 도착했을 때는 숨이 목 끝까지 차올랐다. 나루야가 제 몸에 두른 셔츠를 바닥에 깔아 주었다. 하지만 울퉁불퉁한 바위에 앉으니 엉덩이가 아팠다,

어디선가 좋은 향이 느껴져서 옆을 보니 나루야가 물통에 커피를 담아온 것이었다.

"좀 옅지 않을까 싶은데."

물병을 통째로 건네 주었다. 입을 대고 커피를 마시니 확실히 조금 연한 느낌이었다. 가지고 오는 동안 식었는지 미지근했다. 하지만 맛있었다.

"나루야한테 한 가지 물어보고 싶은 것이 있는데."

다시 한 모금 마시고 나루야를 쳐다보며 물었다.

"나루야는 꿈이 뭐야?"

몽골에 온 이래로 왠지 이 생각이 머릿속을 떠나지 않았다.

"꿈이라……. 꿈이라고 해도 좋을지 모르겠지만 나는 나중에 몽골을 위해서 내가 할 수 있는 일을 하고 싶어."

나루야가 결연한 태도로 대답했다. 그리고는 내가 가지고 있던 물통을 가져가 꿀꺽꿀꺽 마셨다.

"나루야, 대단하네. 그러려고 지금 그렇게 열심히 사는 거구나. 나는 공중에 붕 뜬 것처럼 어중간한데."

"뭐야, 미미답지 않게. 지금도 기억하고 있어. 네가 도서위원장에 입후보했을 때 한 연설."

"그만해."

정말 부끄러운 마음에 옆에 있는 나루야의 상반신을 양손으로 가볍게 밀었다. 정말로 몸속 장기들까지 다 오글거리는 느낌이었다. 나루야가 아직까지도 그런 걸 기억하고 있다니.

"음, 뭐라고 했더라. 책은 인생을 풍요롭게 하는 마음의 양식입니다, 라고 시작했었나?"

"뭐야, 그만하라니까."

나루야의 말을 덮듯이 목소리를 올렸다. 분명 나는 전교생 앞에서 그런 연설을 한 적이 있었다. 마지막에는 이런 말로 끝을 맺었다. "저는, 많은 사람들에게 훌륭한 책을 안겨드리고 싶습니다. 그러기 위해서 편집자가 되고 싶습니다."라고.

지금 생각하면 도서위원장에 입후보하는 연설인데 무슨 장래 희망까지 들먹였는지 얼굴이 다 화끈거릴 지경이었다. 그렇지만 당시에는 대단히 진지했었다. 그만 흥분해서 연설을 하고 큰 박수를 받은 것에 들떠 있었다.

"부끄럽네."

"뭐가 부끄러워."

"나루야가 훨씬 더 대단했지. 전학생이 학생회장에 입후보해서 당선되는 일은 거의 없잖아."

나루야는 2학년 봄에 내가 다니는 중학교에 전학 온 학생이었다. 그때까지 어딜 다녔는지는 들은 적이 없었다.

"아냐. 나 그때 최악이었어."

"왜?"

예상 밖의 얘기였다. 나루야만큼 모두가 좋아하고 선망하는 학생은 없었다. 게다가 매우 성실한 학생이었는데도 불량한 녀석들마저 그를 좋아했다. 나루야가 있는 것만으로도 분위기가 활기차게 변했다. 학생들만이 아니라 선생님들도 나루야의 곁에 있고 싶어 했다.

"그때 나는 거짓말을 하고 있었으니까."

"거짓말?"

"그래. 나를 꾸몄던 거야. 단지 사람들이 좋아해 주는 분위기에 취해 있었지. 어머니가 혼자서 나를 키웠기 때문에 그런 아이가 혹시라도 못된 짓을 하면 주변에서 그럴 줄 알았다는 소리를 하거든. 그런 소리를 듣고 싶지 않았어. 어머니는 나를 낳으면서 부모와도 인연이 끊겨서 나는 어릴 적부터 어머니의 버팀목이 되어야 한다고 생각했었어. 그래서 주변 사람들이 바라는 것을 먼저 알아채고 그대로 한 것뿐이야. 사실은 학생회장이든 뭐든 아무 상관없었어."

"그래도 주변이 바라는 대로 할 수 있는 게 어디야?"

"조금 요령을 터득하면 그건 간단해. 하지만 그 녀석처럼 자신의 의사를 표시하는 건 훨씬 더 어려운 일이야. 그렇다고 자살을 용인하는 것은 아니지만."

야마다의 얘기였다. 언젠가 나루야와 제대로 얘기해야겠다는 생각은 했었다. 혹시 나를 몽골로 이끈 것은 야마다가 아닐까 하는 생각이 불현듯 들었다. 어떤 근거도 없는 직감 같은 것이었지만.

나루야의 손에 든 물통을 받아서 다시 커피를 한 모금 마셨다. 언덕 기슭의 들판에서 몇 마리의 말이 구호에 맞춰 전력으로 달리고 있다.

"나루야는 왜 취직을 안 했어?"

무릎을 세우고 앉아 턱을 그 위에 올리고 나루야의 눈을 보며 물었다. 핵심을 찌르는 물음이라는 것을 스스로도 알고 있었다. 숨을 깊게 내쉬고 그가 천천히 말을 하기 시작했다.

"더 이상 거짓으로 꾸미고 사는 것이 지긋지긋해져서. 왜 그런 생각을 했냐면 그 녀석의 장례식에 갔을 때."

거기까지 말했을 때 나루야는 뭔가 떠올랐는지 급히 말을 끊었다. 그는 입술을 질끈 깨물고 감정을 추슬렀다. 나는 어찌 해야 좋을지 몰라서 나루야의 왼손을 나의 양손으로 감싸 쥐었다.

"괜찮아."

나루야가 침을 꿀꺽 삼키고 손을 제자리로 가지고 가더니 말을 이었다.

"그 녀석의 어머니가 나에게 인사를 하셨어. 아들하고 친하게 지내줘서 고맙다고. 녀석은 대학에 들어가서도 나와 친하게 지낸다고 어머니께 말했나 봐. 사실은 거의 만난 적이 없었는데. 그때 나는, 녀석이 몸을 던져 나에게 무언의 항의를 하고 있다고 느꼈어. 거짓말하지 말라고."

옆을 보니 나루야가 울고 있었다. 나와 마찬가지로 무릎 위에 턱을 괴고서. 나루야의 눈물을 보는 것은 처음이었다.

"그런 이유도 있어서 취직하는 거, 그만뒀어. 정말 내가 살고 싶은 대로 살아가려고 말이야. 누구를 위해서가 아니라 나를 위해서. 나를 키워 준 몽골에 보답을 할 수 있는 내가 되려고. 무언가를 받으면 보답을 한다는 것이 유목민의 기본이기도 해."

"나루야, 뭔가 변했어."

"그래? 어떻게?"

"오랜만에 다시 만났을 때, 전보다 더 씩씩해졌다는 느낌이었어."

"그건 햇볕에 타서 얼굴이 까매져서 그런 거 아냐?"

"그런 이유도 있겠지만 좀 더 내면적인 느낌이."

그 이상은 내 입으로 표현할 길이 없었다.

"미미는? 미미는 뭐야?"

"응?"

"그러니까 꿈 말이야."

갑자기 화제가 나에게로 돌아와서 당황했다. 하지만 나루야에게 모든 것을 말하고 싶었다. 내가 얼마나 무모하고 무기력한 인간인지 남김없이 들추어 보여 주고 싶었다.

"나는 말이야, 내 꿈은 말이지. 편집자가 되는 거였어."

말을 하고 있는데 마음속에서 폭풍우가 거세게 불었다.

"과거형이네."

감정을 꾹 억누르고 있는 나의 뺨을 나루야가 달래듯이 가볍게 톡 쳤다.

"회사를 그만뒀거든."

내가 야마다의 자살에 직접적으로 영향을 받은 것인지 아닌지는 알 수 없다. 하지만 아무런 관계가 없다고 말할 수는 없었다.

"예전부터 줄곧 편집자가 되고 싶었어. 그래서 고등학교에서도 열심히 공부해서 제일 가고 싶었던 대학의 문학부에 들어갔지. 줄곧 동경하던 출판사가 있어서 대학교 1학년 때부터 몇 번이고 이력서를 보내서 아르바이트를 하고 싶다고 했어. 소원이 이뤄져서 대학교 2학년 여름방학부터 아르바이트를 할 수 있었어. 너무나 기뻤지. 작은 회사지만 사장이 직접 일을 가르쳐 주기도 해서 내 입으로 말하긴 뭣하지만, 일도 잘 해냈어. 아르바이트였지만 꽤나 중요한 일을 맡기도 했었고 상사가 추천을 해 줘서 그대로 취직이 되었지. 그건 정말 어려운 일이었는데 말이야. 대학을 갓 졸업한 사람은 뽑지도 않는 회사였고 아르바이트를 하다가 정직원이 되려고 하는 사람은 정말 많았거든. 그런데."

"그런데?"

부드러운 목소리로 되물으며 나루야가 나의 뺨에 흐르는 눈물을 손으로 닦아 주었다. 지금 나루야에게 응석을 부려서는 안 된다. 나는 마음을 다잡았다.

"그만뒀어. 드디어 편집자라는 직업을 손에 쥐었는데 뭐랄까, 무기력해진 거야. 그렇게 염원하던 일이었는데 실제로 뚜껑을 열어 보니 잡다한 일뿐이었어. 어떤 작가에게 마음을 다해 보낸 편지가 다섯 번이나 거절당했지. 정말 싫어졌어. 다른 사람은 한 번에 수락을 받았는데."

그때의 굴욕을 떠올리니 몸이 덜덜 떨려왔다. 나의 모든 것을 부정당하는 기분이었다. 그것이 결정타가 되어서 사표를 내고 말았다.

"후회는 하지 않는 거네."

비난을 하지도, 그렇다고 위로를 하지도 않으면서 나루야는 나를 똑바로 쳐다보았다.

몽골에 오기 전까지 나는 자신이 절대로 옳다고 생각했다. 하지만 몽골에 와서부터는 자신이 옳은 것인지 아닌지 알 수 없게 되었다. 돌이킬 수 없는 일을 저지르고 말았다고 생각하는 반면, 내가 편집자라는 직업에 어울리지 않는다는 생각도 들었다. 두 가지 생각이 계속 줄다리기를 하면서 양쪽으로 잡아당기고 있다.

"이건 아직 나이 어린 나의 경험에서 얻은 교훈이지만."

나루야는 신중하게 서론을 내밀었다.

"만일 스스로를 잘 모르겠다면 더 넓은 세계로 나가서 자신보다 높은 곳을 올려다봐. 좁은 세계에서 우물쭈물하다가는 마음이 좁아지고 쓸데없는 생각에 빠지게 되니까. 아무도 나를 모르는, 아무도 알아주지 않는 넓은 세계에 스스로를 던지면 자신이 얼마나 보잘것없는 존재인지 싫어도 깨닫게 되지. 그럼 더 성장할 수 있어. 자신의 한계를 만드는 것은 자기 자신이야."

나루야는 알기 쉬운 단어를 골라 설명해 주었다.

요전까지의 내가 정말 그랬다. 작은 세계에서 일등이 되어 기뻐했다. 그렇게 중요한 것도 아닌데 아주 대단한 일을 한 것인 양 자기만족에 취했다. 그런 보잘것없는 세계에서 일등이 아닌 순간이 오자 모든 자신감을 잃고 말았던 것이다.

"그렇지?"

나루야의 말이 상처에 소금을 뿌린 것처럼 가슴을 후볐다.

"스무 살을 넘기면 어른이 된 것처럼 굴지만 사실 아직 어린 애지."

나루야는 양팔을 뻗으며 내던지듯 말하면서 그대로 뒤로 벌러덩 누웠다.

"미미도 해 봐. 기분 좋아."

나루야의 옆에 똑같은 자세로 눕자 나루야가 팔을 뻗어 내 머리를 받쳐 주었다. 조금 쑥스러웠지만 나루야의 호의를 그대로 받아들이기로 했다.

그렇게 누워 있으니 하늘 밖에 보이는 것이 없었다. 지구가 둥근 모양이라는 것을 실감했다. 순간 중요한 사실이 떠올랐다. 어떻게든 말로 하고 싶어서 누운 채로 혼잣말처럼 중얼거렸다.

"처음부터 반듯한 지면은 없는 거네."

게르에 있는 침대가 휘어진 것은 당연한 일이었다.

"맞아. 몽골에 오면 그런 걸 실감하지. 인간은 도로를 아주 평평하게 만들고 건물이든 뭐든 곧게 세우려고 하지만 자연에는 아주 평평한 것도 곧은 것도 존재하지 않아. 비뚤어진 게 당연하지. 일본, 특히 도쿄 같은 곳은 특히나 인공적인 지면이야. 이런 곳까지 꼼꼼하게 콘크리트를 덮다니, 하고 혀를 내두를 정도지. 그것도 인간의 기술이 만들어 낸 대단한 것이긴 하지만."

"나는 그런 것이 당연하다고 생각하고 살았어. 하지만 틀렸던 거야."

말하면서 나도 모르게 눈물이 나려고 했다. 등에 깔린 돌멩이들의 울퉁불퉁함이 왠지 소중해졌다.

"이렇게 땅에 드러누워 있으니 공룡의 발소리가 들리는 것 같지 않아?"

"공룡의 발소리?"

"응. 일본에서는 상상하기도 어렵지만 여긴 공룡이 걸어 다녔던 대지가 그대로 드러난 채 남아 있는 느낌이야. 여기도 일찍이 공룡의 무리가 쿵쿵대며 돌아다녔을 거라고 상상하면 공룡의 시대와 지금이 연결되어 있는 것 같은 기분이 들어."

"그런가."

나는 옆으로 누워서 바닥에 귀를 대 보았다. 눈을 감고 공룡의 발소리에 귀를 기울였다. 하지만 그런 소리는 들리지 않았다.

"미미."

나루야가 나를 불렀다. 눈을 감고 있어서 잘은 모르지만 아마도 우리의 얼굴은 굉장히 가까울 것이다.

"왜?"

부드럽고 달디 단 꿀 속에 몸을 담그고 있는 것 같은 기분이었다. 하지만 나루야는 말을 잇지 않았다. 나도 기대하지 않았다. 단지 지금은 우리의 관계에 이름을 붙이기를 보류한 채 나루야의 팔을 베고 높은 하늘과 드넓은 대지를 바라보고만 싶었다.

"역시 녀석이 우리를 몽골에 데려다준 게 아닐까?"

"나도 조금 전에 그런 생각을 했어. 하지만 야마다는 지금쯤 후회하고 있진 않을까? 천국에서 말이야. 살아 있다면 이런 경치도 감상할 수 있었을 텐데."

"천국이 아니라 지옥이지."

그 말에는 많은 생각이 담겨 있을 것이다. 나루야는 아마 야마다도 몽골에 데려왔으면 좋았을 거라고 생각하는 것이 틀림없었다.

"그 녀석, 지금쯤 샘이 나서 죽을 지경일지도 몰라."

"왜?"

"왜냐고? 그 녀석, 너를 좋아했었으니까."

"응? 전혀 몰랐어. 정말이야?"

"정말이지, 그럼. 그렇지만 나도 좋아한다고 했더니 자기가 먼저 물러났지. 옛날부터 그런 녀석이었으니까."

만에 하나라도 내가 야마다와 사귀었다면 그는 죽지 않고 살아남았을까. 나는 선생님과 만나지 않았을까.

아주 조금의 인연으로 인생이 크게 바뀌기도 하고, 좌절하기도 하고, 멈춰 버리기도 한다. 정말 이상한 일이라고 생각했다. 오랫동안 만나지 못했던 나루야와 이렇게 몽골의 하늘 아래 있다니.

그리고 잠시 동안 야마다를 떠올려 보았다. 나에게 책 한 권을 남긴 채 죽어 버린 야마다에 대해서. 그가 남긴 책을 살펴보니 외국인이 쓴 시집이었다. 뭔가 깊은 뜻이 있었을지도 모르는데 나는 야마다가 남몰래 품었던 감정을 눈치채지 못했다. 그때보다 인생 경험을 조금 더 쌓은 지금이라면 과묵하지만 결코 신념을 저버리지 않는 강한 의지를 가진 야마다의 매력을 조금은 알 수 있었을 텐데. 이제 야마다는 이 세상에 없다.

"홀호크를 만들기 시작할 시간이니까 이제 그만 돌아가자."

나루야의 목소리가 귓가에서 들려왔다.

"어떻게 알아?"

잠에서 깨어난 듯 눈을 비비며 물었다. 나루야가 줄곧 팔베개를 해 주었다는 것을 깨닫고 몸을 벌떡 일으켰다.

"태양의 움직임을 보면 알 수 있어."

"굉장하네. 나루야는 역시 대단해."

입가에 묻었을지도 모르는 침을 닦으며 얼버무렸다.

하늘이 어렴풋이 붉게 물들어 간다.

"또 고기일까?"

한숨을 섞어 중얼거렸다.

"유목민은 고기가 주식이라서."

나루야가 딱 잘라 대답했다.

양손을 휘휘 내저으며 큰 걸음으로 언덕을 내려가면서 나루야에게 물었다.

"나루야는 나중에 유목민이 될 작정이야?"

"아마도."

"초밥 같은 게 그립진 않을까? 샤워가 딸린 따뜻한 욕실과 비데가 있는 화장실과 스타벅스, 편의점은?"

일본에서는 당연하게 이용하던 것들 중에 몽골에는 없는 것을 적당히 예로 들었다.

"아마도 몹시 그립겠지. 하지만 의외로 쉽게 그런 생활에 익숙해졌었구나, 하고 생각해 버릴 것 같아. 편리한 생활에 익숙해진 것처럼 불편한 생활에도 쉽게 익숙해지지 않을까 싶어."

"그런가?"

그렇게 대답하는 나 역시 교도소 같던 노천온천에 완전히 적응해 버리지 않았나.

"이곳은 전기도 전화도 없이 생활해. 도시의 생활과 비교하면 원시인 수준이지. 밤이 되면 전기가 없어서 캄캄해지지만 그렇게 충격적이진 않잖아? 휴대전화도 되지 않으면 안 되는 대로 포기해 버린다고나 할까. 오히려 자유로워지는 기분이던데."

"그럴지도 모르겠다."

"여기까지 왔으니 내일은 말을 타고 소풍을 나가자."

"그래. 차를 타고 모처럼 여기까지 왔으니까."

이제야 겨우 몽골과 좋은 사이가 될 수 있을 것 같다. 줄곧 마음에 이물질이 끼여 있는 것처럼 삐걱거렸던 것이다.

"아, 벌써 홀호크를 만들기 시작했나 보다."

건너편 초원에서 직원들이 모닥불을 에워싸고 부산하게 움직이고 있었다.

나루야가 큰 소리로 그들을 불렀다. 아무리 귀를 기울여도 몽골말은 전혀 알아들을 수 없었다. 나루야의 목소리를 듣고 모두가 양손을 들었다.

"해가 저물면 추워지니까 뭐든 위에 덧입을 것을 가지고 오는 게 좋아. 나도 얼른 텐트에 다녀올게."

"네에."

손을 흔들며 나루야와 일단 헤어졌다.

모닥불 안에서 달군 돌과 산양 고기를 우유 깡통에 번갈아 집어넣고 마지막에는 뚜껑을 꽉 덮어서 다시 모닥불에 찌는 것이 '홀호크'라고 하는 조리법이었다. 자주 해 먹지 않는 성찬인지 직원들도 모두 들떠 있었다. 진흙 마사지를 해 주었던 모치코도 와 있었다. 그녀는 일본말을 하는 것 외에도 몽골 전통춤도 출 수 있는지 음식이 완성되기를 기다리는 동안 모두의 앞에서 춤을 추었다.

이에 맞춰 히미쓰가 마두금(몽골의 현악기-옮긴이)을 켰다. 텔레비전에서 몇 번 들어본 적은 있었다. 그렇지만 직접 듣는 마두금의 소리는 전혀 달랐다. 마치 초원에 난 풀 하나하나에까지 스며드는 것처럼 울려 퍼졌다. 촉촉하고 부드러운 장막으로 대지를 뒤덮었다. 모치코는 손끝과 손톱 끝까지 신경을 빈틈없이 곤두세워 이따금 관능적인 춤을 추었다. 나는 히미쓰와 모치코에게 열렬한 박수를 보냈다.

산양 고기는 모두가 함께 먹어서 그런지 맛이 있었다. 맨손으로 뼈를 쥐고 고기 주위에 있는 섬유질을 천천히 베어 먹었다. 이것이 이 땅의 맛이었다. 이 대지 위에 난 풀만 먹고 자란 자연의 고기였다. 나루야는 나보다 몇 배는 빠른 속도로 뼈를 뜯었다.

"아, 배부르다."

마지막 뼈를 그릇 위에 내려놓으니 모두가 나를 쳐다보고 있었다.

얼굴에 뭐가 묻었나 싶어서 손바닥으로 뺨을 만져 보았다.

"지금까지 미미가 거의 먹지 않아서 계속 걱정했었나 봐. 하지만 오늘 이렇게 많이 먹어 줘서 안심하는 거야."

나루야가 귀에 대고 알려 주었다.

"미안해."

나의 미숙함을 반성하며 그 자리에서 고개를 숙였다. 나는 언제나 나를 중심으로 생각하느라 주위 사람들이 베푸는 애정을 뒤늦게 알아차렸다. 그만둔 회사의 사장도 나에게 기대를 가지고 있었기에 예외적으로 정직원으로 채용해 주었을 텐데.

위장이 꽉꽉 차올랐다. 너무 괴로워서 그 자리에서 벌러덩 누워 버리고 싶었다.

모두가 거의 다 먹었을 때 겨우 자리에서 일어설 수 있었다. 이를 닦고 서둘러 이불 속으로 들어가고 싶었다. 기분 좋은 졸음이 밀려왔다. 어제 거의 잠을 자지 못했기 때문에 오늘 밤은 푹 자고 싶었다.

"잘 자."

기분 좋은 목소리로 나루야에게 인사를 하고 게르의 문을 열었다. 겨우 한 모금이지만 술잔을 돌리며 마셨던 보드카 때문인지 조금 비틀거렸다. 얼른 이를 닦고 잠옷으로 갈아입은 뒤 이불 속으로 들어갔다. 오늘 밤은 어제처럼 춥지 않았다. 발끝도 그렇게 차갑지 않았다.

바로 그 점이 불행을 초래했다.

떠들썩한 분위기가 좀처럼 가라앉지 않았다. 밖에 있어도 그다지 춥지 않아서 모두가 게르 바깥에 나와 떠들어대고 있었다. 게다가 이 캠프 주변에 세워 둔 차에서 엄청나게 큰소리로 힙합 노래가 흘러나왔다. 시끄러워서 도저히 잠을 잘 수가 없었다. 이런 초원에서 몽골 힙합을 들어야 하다니. 낮에 직원들이 듣고 있던 흘러간 유행가도 최악이었지만 힙합은 힙합대로 최악이었다.

전에 읽었던 책에서 미국인가 어딘가의 소년 교도소에서는 문제 행동을 일으킨 소년들에게 그들이 싫어하는 타입의 음악을 들려주며 갱생을 시킨다는 것을 읽은 기억이 났다. 그렇게 하면 다른 사람의 마음을 이해할 수 있게 되어서 자신이 다른 사람에게 얼마나 피해를 주었는지 알게 된다는 것이다. 내가 바로 그 갱생을 시켜야하는 소년의 입장이었다. 모처럼 좋은 기분으로 몽골에 익숙해질 수 있을 것 같았는데 이것으로 모든 것이 망가져 버렸다.

"시끄러워!"

이불 속에서 고함을 질렀다. 물론 몽골 사람들은 일본어도 모를 것이고, 안다고 해도 웅장한 음악 소리가 내 목소리를 집어삼켜서 그들에게 들리지도 않을 것이다. 나의 운명을 원망했다. 어째서 나는 늘 이 지경인 것일까. 꽤 높은 곳까지 갔다가도 단번에 나락으로 떨어져 자폭하고 만다. 이번 여행만 해도, 뭔가 좋아지려고 하면 즉시 가라앉아서 마치 롤러코스터를 탄 기분이다. 졸릴 때 잠을 잘 수 없는 것처럼 불쾌한 것은 없었다.

하지만 나는 이불을 둘둘 말고 누워서 가만히 견뎠다. 이렇게 이른 시간에 자려고 하는 내가 오히려 잘못된 것이 아닌가. 일방적으로 자신의 입장을 주장하는 것은 공정하지 못한 것이다. 그렇게 함부로 행동하는 여행자가 되고 싶지는 않았다. 나는 나루야의 고향인 몽골을 좋아하고 싶다. 여기에 사는 사람들도 전부 포함해서. 때문에 그저 시간이 흘러가기만을 이불 속에서 빌고 또 빌었다.

밤 12시가 지나도 소란스러움은 조금도 누그러지지 않았다. 오히려 모닥불은 더욱 활활 타올랐다. 어디선가 노래방 스피커 소리가 들리고 다른 곳에서는 합창 같은 노래가 울렸다. 게르란 것은 몇 장의 천으로 덮은 것이어서 방음이란 건 꿈도 꿀 수 없었다. 둥근 형태여서 그런지 소리가 맴돌면서 더욱 크게 울렸다.

"이제 그만 좀 하라고!"

큰 소리로 화를 내며 시계를 보자 이미 새벽 두 시를 지나고 있었다. 참는 것도 한계가 있었다. 나는 잠옷 차림으로 신발을 신고 게르 밖으로 나갔다. 놀랍게도 큰 소리로 떠드는 것은 주로 캠프의 직원들이었다. 차를 타고 초원을 빙글빙글 돌고 있었다. 기가 막혀서 멍하니 서 있었다.

"나루야! 나루야!"

주위의 소리에 눌리지 않게 뱃속 깊은 곳에서 소리를 끌어올려 고함을 쳤다. 하지만 나루야에게 도달하지는 못했다. 괴로움에 몸부림치며 다시 이불 속으로 들어갔다. 역시 몽골에 오는 것이 아니었다. 이곳에 온 내가 잘못이었다. 허탈한 마음에 눈물이 솟구쳤다. 비행기 값도 결코 싸지 않았는데. 다른 곳에 썼어야 했다. 나는 백수 신분이었다. 써야할 데가 많았다. 이런 곳에 시간과 돈을 헛되게 써 버릴 형편은 아니었다.

소란스러움이 겨우 누그러진 것은 새벽 네 시쯤이었다. 조금 있으면 날이 밝을 시간이 되어서야 간신히 잠을 잘 수 있었다. 하지만 잠이 들면서도 화가 치밀어 마음이 진정되지 않았다. 자는 둥 마는 둥 하는 어중간한 수면이었다.

"어젯밤은 좀 시끄러웠지?"

다음 날 아침 식당에 나가 보니 조금 자란 수염을 손으로 만지면서 나루야가 먼저 말을 걸었다.

"시끄러운 정도가 아니었어. 전혀 잘 수 없었는데."

내가 느끼기에도 험악한 얼굴을 했다. 하지만 다른 표정을 지을 여유 따위는 없었다.

"너무 심해서 나루야를 막 불렀는데 못 들었어?"

나루야가 잘못한 것도 아닌데 그만 말이 통하는 나루야에게 화풀이를 하고 만다.

"히미쓰가 듣고선 다른 곳에 있던 나를 부르러 왔었어. 그런데 미미의 게르까지 갔는데 조용해서 혹시 자나 싶어서 깨우지 않고 그냥 왔어."

"아마 그때 귀를 막고 있던 상태였을 거고 밤새 한숨도 못 잤어. 누가 제일 떠들었는지 알아? 여기 있는 직원들이야. 봐, 여긴 관광 캠프랬잖아. 손님들의 숙면을 방해하는 여행 시설이 어디 있겠어. 일본이라면 상상도 할 수 없을 거야. 나는 그냥 조용히 자고 싶었을 뿐인데. 이게 몽골의 상식이야? 밤중에 음악을 크게 틀고 떠들어대는 것이."

나루야에게 이런 말을 하고 싶었던 것이 아닌데 엉뚱한 곳에 분풀이를 하고 말았다.

"미안. 아마 모두가 나담 때문에 들떠서 그랬을 거야."

"나담 같은 게 무슨 상관이야! 그리고 나루야에게 사과 받자고 이러는 게 아냐."

"그러면 여기 직원들한테 나중에 제대로 사과하라고 할게."

"이제 됐어. 이미 지난 일이니까."

말을 막 마치는데 스프가 나왔다. 고기를 제외하고는 이곳에 와서 처음 먹는 김이 나는 음식이었다. 게다가 안에는 채소가 들어 있었다. 험악한 분위기 속에서 스프를 먹었다. 의외로 스프가 맛있어서 솔직하게 기쁜 마음을 전하고 싶었다. 하지만 분해서 눈물이 나오려고 했다. 나루야도 저자세로 상황을 바꿔 보려 하지도 않고 그저 아무 말이 없었다. 둘이서 묵묵히 스프를 먹었다. 잘게 썬 고기에서 맛있는 국물이 배어나왔다. 채소도 감자, 양파, 당근, 브로콜리가 수북이 담겨 있고 적당히 부드러웠다. 이 정도면 남김없이 전부 먹을 수 있을 것 같았다.

"이건 그때 그 셰프가 만든 거야?"

마음속으로 걱정하며 나루야에게 물었다. 나루야와 이런 분위기에서 아침 식사를 하는 것은 괴로웠다.

"에메가 만든 것 같아."

"에메라니?"

"언제나 싱글벙글 웃고 있는 아주머니 있잖아. 에메는 몽골말로 아주머니라는 뜻이야."

다시 남은 스프를 입에 넣었다. 채소 맛이 몸의 구석까지 산들바람을 몰고 왔다. 어제 하루 동안 채소를 전혀 먹지 않고 고기만 잔뜩 먹어서 솔직히 위가 힘든 상태였다. 나루야와 거의 동시에 식사를 마쳤다.

이상하게도 따뜻한 야채스프를 먹으니 조금 전까지 끓어오르던 분노가 자취도 없이 사라졌다.

"말을 타고 소풍을 가자는 거였어?"

내가 먼저 말을 걸었다.

"응. 도시락을 만들어 줄 거야. 미미에게는 야채가 든 군만두를 만들어 준다고 했어."

"고맙네. 그럼 몇 시쯤 출발할 거야?"

"10시 정도에 출발할까? 너무 더워지면 말을 타기가 어렵거든."

"알았어."

결국 밝은 대화로 마무리하고 자리에서 일어섰다. 주방에 얼굴을 내밀고 "에메, 맛있었어요."라고 인사했다. 주방에서는 군만두 반죽을 막 시작하려는 중이었다.

나루야와 둘이서 말을 타고 나가니 왠지 데이트를 하는 것처럼 쑥스러웠다. 나루야가 직원들에게 어젯밤에 소란스러워서 내가 잠을 자지 못했다고 말을 했는지 그들이 내게 사과했다. 직원들이 모두 나와서 지켜보는 가운데 숲으로 향했다. 처음에는 천천히 걷는 속도였다. 내가 탄 말의 고삐를 나루야가 쥐고 조절해가며 함께 나란히 달려서 안심이 되었다.

말에 올라탔을 때는 앉는 것이 불안정해 조금 무서웠지만 나루야가 능숙하게 이끌어 주어서 곧 적응이 되었다. 말의 움직임에 호흡을 맞추니 조금씩 말과 내가 하나가 되는 느낌이 들었다.

"미미, 그런 느낌으로. 생각보다 잘 타는데."

나루야는 말과 완벽하게 마음을 맞춘 것처럼 보였다.

"무섭다고 생각하면 그 기분이 말에게 금방 전달되니까."

"알았어. 조금씩 나아지는 것 같아. 말 타는 거 재밌네."

하늘 전체에 몽골리안 블루가 펼쳐져 있었다. 우리는 언덕과 언덕의 사이의 계곡을 말을 타고 천천히 걸었다. 기분 좋은 바람이 불었다. 일대가 초록으로 가득했고 전선 한 줄 보이지 않았다. 이러한 풍경은 지금까지 사진으로만 보았다. 평소에 보던 풍경과 너무 달라서 실감이 나지 않아 마치 컴퓨터에서 만든 가상 세계를 헤매는 것처럼 기분이 묘했다.

잠시 멍한 상태로 나아가자 점차 발목까지 풀이 닿았다. 분홍색과 노란색, 보라색 등 여러 가지 꽃이 흐드러지게 피어 있었다. 꽃밭을 지나면서 말은 몇 번이고 멈춰 서서 발치에 난 풀을 뜯어 먹었다. 눈앞에 펼쳐진 초원에서는 말이 얼마든지 먹이를 구할 수 있었다.

말들이 겨우 다시 움직이기 시작할 때였다.

"뿍, 뿌부부부, 뿍뿍뿍."

내가 탄 말이 마치 무슨 악기를 부는 것 같은 소리를 내며 방귀를 뀌었다.

"앗, 이제 무슨 냄새야!"

나루야가 얼굴을 찌푸렸다. 나는 내가 뀐 것도 아닌데 괜히 부끄러웠다. 그러자 나루야가 말했다.

"사람들은 왜 다른 사람들이 있는 곳에서 방귀를 뀌는 게 창피하다고 생각할까? 봐, 말은 그냥 편하게 뻥뻥 뀌어대는데."

"정말 그렇긴 하네. 아기들은 막 뀌는데."

"그렇지? 말이 방귀를 뀔 때마다 그런 생각이 들었어."

"왜 그런 생각을 했어?"

이번에는 나루야를 태운 말이 방귀를 뀌었다. 말의 방귀는 사람처럼 뿡, 하고 한 번에 끝나지 않았다. 걸을 때마다 리듬에 맞춰 뿍뿍뿍 하고 내뿜었다. 마치 음악을 연주하는 것 같았다.

이윽고 목적지인 숲이 보였다. 이제껏 나무를 보지 못한 디라 마치 사람들이 심어둔 것이 아닐까 싶을 정도로 한 구석에 모여 서 있는 가느다란 나무들이 신기하게 보였다. 하지만 주변에 건물이 전혀 없는 탓인지 숲까지의 거리는 좀처럼 좁혀지지 않았다. 서두르지 않고 천천히 가는 수밖에 없었다.

말의 움직임에 몸을 맡기고 걷는데 나루야가 노래를 부르기 시작했다. 나는 알아들을 수 없는 몽골의 노래였다. 마치 나루야의 노랫소리에 빨려들 듯이 하늘의 구름이 우리들의 머리 위로 다가왔다가 멀어져 갔다.

"미미도 아무거나 불러 봐. 노래를 부르면 말도 안심이 되고 기운도 난다고."

한 곡을 끝낸 나루야가 이번에는 나에게 순서를 넘겼다.

"노래라니 생각나는 게 없는데."

딱히 부를 만한 노래가 떠오르지 않았다.

"그러면 그냥 아는 부분만 같이 불러."

나루야가 그렇게 말하고는 일본 노래를 부르기 시작했다. 나도 후렴구만 같이 불렀다.

겨우 숲에 도착해서 한참 만에 땅을 밟았다. 숲 속으로 들어서자 기분 좋은 바람이 불었다. 나루야는 두 마리의 말을 나무에 나란히 묶었다.

"여기서 잠깐 쉬자."

그가 가방에서 돗자리를 꺼내 바닥에 깔았다. 처음 말을 타서인지 무릎이 아파서 얼른 바닥에 앉았다.

"피곤해?"

"응. 조금."

물통에 든 물을 꿀꺽꿀꺽 남김없이 마셔 버렸다. 아무 말 없이 그대로 호흡을 가다듬었다. 평소에 잘 쓰지 않는 근육을 써서 그런지 허벅지와 종아리가 딱딱해졌다. 나루야도 내 옆에 앉아서 멀리 있는 언덕을 바라보았다. 그렇게 있으려니 이 세상에 우리 둘만 살고 있는 것 같다는 생각이 들었다.

"나, 정말 부끄러운 얘기지만 여기 와서 처음 이런 풍경을 봤을 때 골프장 같다고 생각했어."

부족한 표현력에 자신이 혐오스러웠다.

"미미만 그런 것이 아니야. 나도 가끔 몽골에 오면 약간 이상한 기분이 들었는데 뭐. 뭔가 너무나 완전한 자연의 모습이어서 오히려 인공적인 느낌을 받았지."

"이상하기도 하지. 이게 진짜 자연인데 우리는 가짜에 익숙해졌나봐."

"하지만 아마 둘 다 진짜가 아닐까 싶어. 요즘엔 그런 생각이 들더라고."

"둘 다 진짜라고?"

"응. 인간이 열심히 노력해서 개발한 기술, 그건 그거대로 대단한 거라고 생각해."

"나루야는 참 어른스럽네."

그 말을 하는 순간 가슴 속 깊은 곳에서 마그마 같은 감정의 덩어리가 지표면으로 솟구치는 느낌이 들었다. 야마다의 웃는 얼굴이 뇌리를 스쳤다. 나를 몽골로 이끈 것은 역시 야마다일지도 모른다.

"여기 오길 잘했어."

"정말? 미미가 화를 내서 기분이 안 좋은 줄 알았는데."

"미안해. 난 중요한 걸 잊고 있었어."

조금 전에 말을 타고 꽃밭을 지날 때 느낀 것을 떠올렸다.

"꽃들이 전부 아름답게 피어 있었어."

겨우 그 한 마디 했을 뿐인데 눈물이 나오려고 했다. 나의 부모님은 꽃처럼 아름답게 피라고, 그런 바람을 가지고 나에게 '미미(美咲)'라는 이름을 붙여 주었다. 문득 그런 생각이 떠올랐다.

"미미는 그동안 열심히 했어."

나루야가 말했다.

"그런가."

"그래. 하지만 앞으로 좀 더 해낼 수 있지 않을까?"

나루야가 정곡을 찔렀다. 나는 분명 더욱 잘 해낼 수 있을지도 모른다. 이대로 끝낼 수는 없다. 남겨둔 일이 산더미 같다. 차림새만 요리사의 모양을 한 셰프를 욕했지만 나도 마찬가지였다. 똑같은 꼴이었기 때문에 그에게 화가 났는지도 모른다. 모양새만 갖추고 내용은 텅 빈 꼴사나움. 나도 '편집자'라고 쓰인 직함을 따낸 것만으로 편집자가 되었다고 생각했었다. 잘못된 것은 나였는데도 모든 것을 주변의 탓으로 돌려 버렸다.

"나, 되돌릴 수 없는 짓을 저질렀는지도 모르겠어. 내 자신이 한심해서 견딜 수 없을 지경이야."

"그건 나도 마찬가지야. 하지만 살아 있다면 몇 번이고 기회가 와. 살아 있다면."

나루야는 마지막 단어를 힘주어 강조했다. 살아 있다면 어떻게든 다른 문이 열린다.

"야마다는 낭만적인 녀석이었지."

나루야가 불쑥 말을 꺼냈다.

"조금만 더 견뎌 줬으면 그 녀석에게도 여자에게 인기 있는 시기가 왔을 텐데."

"그 시크한 분위기에 오히려 여자들이 끌렸을지도 몰라."

"애써 활발한 척하면서 웃긴 얘기를 하곤 했지만 전혀 재미가 없었지."

"우리는 눈앞에 있는 것을 보고 있었지만 야마다는 더 앞을 보고 있었다는 생각이 들어."

몽골에 오기 전까지 윤곽이 잡히지 않았던 야마다가 조금씩 모양새를 갖춰 선명해진다.

나루야와 이런 저런 얘기로 야마다를 추억했다. 하지만 마지막까지도 빌려 놓고 돌려주지 못한 시집 이야기는 하지 못했다. 야마다도 그러기를 원하지 않을까 싶었고 내가 원한 것이기도 했다. 일본에 돌아가 책장을 뒤져서 그것을 찾으면 야마나가 나에게 전하고 싶었던 얘기를 다시 읽어 보리라 결심했다. 이젠 야마다가 하는 말을 들을 수 있을지도 모른다.

"한 가지 부탁이 있는데."

머릿속에 줄곧 남아 있던, 나루야에게 하고 싶었던 말이 있다. 지금밖에 기회가 없을지도 모른다.

"뭔데? 갑자기 정색을 하고서."

나루야의 얼굴을 보며 말할 용기가 나지 않아서 언덕의 가장 높은 곳을 응시하며 말했다.

"내가 머무는 게르에 같이 있어 줄래? 뭐 그런 이상한 뜻은 아니고 혼자서 자려니까 왠지 허전해서."

말을 덧붙일수록 내가 엄청난 얘기를 하고 있는 것 같아 당황스러웠다. 나루야가 오해를 하면 어쩌나 걱정도 되었다.

나루야는 잠시 골몰하더니 말을 꺼냈다.

"내가 도를 닦는 사람도 아니고 바로 옆에 좋아하는 사람이 자고 있으면 분명 가만두지 못할 거야. 물론 미미가 받아들여 준다면 나쁘지 않지만. 그렇게 되면 뭔가 너무 앞서가는 느낌이 들어. 만난 적 없는 나의 아버지가 어머니에게 한 짓을 되풀이하는 것 같다고 할까. 그건 형식적인 해피엔드 아닐까?"

나는 단지 나루야에게 게르에서 같이 지내자고 한 것뿐이었다. 하지만 나루야가 하는 말도 이해할 수 있다. 나도 좋아하는 남자가 옆에서 잔다면 아무렇지 않을 자신이 없다.

"그러면 한 가지 제안을 하고 싶은데."

나루야가 진지한 표정으로 말했다.

"물론 게르 안에서 사랑을 나누는 것이 나의 영원한 꿈이었어. 내가 게르에서 태어난 것처럼. 하지만 지금의 나에게는 아직 그럴 자격이 없어. 왜냐면 반은 유목민의 피가 흐른다고 해도 아직은 유목민이 되지 못했으니까. 그러니까."

"그러니까?"

"오늘 밤은 날이 맑을 것 같으니까 밖에서 자는 건 어때? 침낭 속에 들어가서."

나루야는 마치 대낮의 하늘에 빛나는 별들이 보이는 것처럼 얘기했다.

"좋아."

밤이 되어 나루야와 초원에 나란히 누워서 잠들 것을 생각하니 황홀하게 느껴졌다.

"나는 히미쓰의 침낭을 빌릴 테니 미미는 내 침낭을 쓰면 돼."

"밤이 기다려져."

순간 나루야가 말했다.

"또 웃었다."

"응? 웃은 적 없어."

"시치미 떼지 마. 아까도 웃었잖아."

"언제? 나 그런 적 없는데?"

"조금 전에 말 타고 있을 때 미미 너, 웃고 있었어."

"몰랐어."

"사실 몽골에 노착한 첫날부터 넌 웃고 있었어."

"거짓말!"

"거짓말 아니야. 첫날 밤에 밖에서 이를 닦으면서 웃었고."

"그렇게 어두웠는데 얼굴이 보였다니."

"목소리가 완전히 웃고 있었는걸."

"그랬어? 난 전혀 몰랐어. 본인 일은 본인이 오히려 잘 모르는 법이구나."

나는 졌다는 듯이 활짝 웃었다.

웃고 나자 기분이 좋아졌다. 비뚤어지게 단단히 묶여 있던 리본의 매듭이 소리 내서 웃는 동안 조금씩 풀어져 갔다.

"아, 갑자기 배가 고파지는데, 우리 점심 먹을까?"

나루야가 화제를 돌리듯 큰 소리로 말했다.

"그러네. 배가 고파졌어. 그 전에 나, 볼일 좀."

자리에서 일어섰다. 눈을 들어 보니 멀리 있는 언덕에 양떼가 있었다. 나도 점차 먼 곳이 눈에 들어왔다.

점심으로 군만두를 먹고 나루야와 낮잠을 잔 뒤 모두에게 선물할 야생 산딸기를 땄다.

돌아오는 길에 나루야는 가끔씩 말을 달렸다. 올 때는 천천히 걸었지만 슬슬 속도를 높였다. 말 위에 서 있는 것이 편해서 발걸이 위에 선 자세가 되었다. 걷다가 달리다가를 번갈아 하면서 언덕 사이의 계곡을 지나갔다.

나는 마지막 수백 미터의 거리를 나루야가 잡아 주지 않고 혼자서 탔다. 그가 판단하기에 이제 혼자서도 할 수 있을 거라고 격려해 주었기 때문이다. 나루야의 말을 뒤따라가듯이 나도 말을 탄 채 달리기 시작했다.

몸이 바람에 뒤섞여 사라져 버릴 것 같았다.

"최고야!"

크게 외치며 말과 함께 초원을 내달렸다. 나루야의 말은 흙먼지를 일으키며 먼 곳으로 쭉쭉 달려 사라져 갔다. 작은 세계에 웅크리고 앉아서 점점 쪼그라들던 나의 껍데기가 떨어져 나가면서 세찬 바람을 맞았다. 옆에서 보면 그리 빠른 속도는 아니었겠지만 나에게는 경마에 나선 기수라도 된 기분이었다. 아까까지 작게 보였던 새하얀 게르의 윤곽이 바로 앞까지 바싹 다가왔다.

나루야가 먼저 도착해 말을 묶어 두고 나를 기다렸다. 그의 손을 잡고 말에서 내렸다. 식당 주방의 굴뚝에서 연기가 길게 흘러나왔다. 이곳에서 머무르는 마지막 밤이었다. 오늘은 아무리 맛없는 음식이라도 남김없이 전부 먹어 치우리라.

"샤워하고 조금 쉬면 식사 시간일 거야."

나루야가 하늘에 뜬 태양의 위치를 파악하며 알려 주었다. 이곳에서는 시계 따위는 필요 없었다. 시간은 태양이 가르쳐 주었다.

"모치코 씨도 보고 싶으니까 진흙 마사지도 할 겸 온천에 다녀올게."

"알았어. 같이 가 줄까?"

"괜찮아. 혼자서 가도 돼."

갑자기 모든 풍경이 부쩍 가까워졌다.

마지막 밤에 셰프가 만들어 준 것은 튀김 덮밥이었다. 정말 튀김 덮밥을 만들 작정이었는지는 모르겠지만 차가운 밥 위에 튀김이 잔뜩 놓여 있었다. 보는 것만으로 식욕이 뚝 떨어질 것 같은 모습이었지만 어쨌든 다짐한 대로 실천하려고 젓가락을 들었다.

튀김은 양파와 감자, 양배추로 셰프 나름대로 고기를 쓰지 않고 만들겠다는 굳은 의지가 엿보였다. 하지만 태어나서 처음으로 먹은 양배추 튀김은 기름을 먹어 시들시들해져 있었다.

소금과 후추를 잔뜩 친 다음 목구멍으로 밀어 넣었다. 배가 고플 때는 뭐든 맛있는 법이다. 맛있다, 맛있다, 하고 자기 암시를 걸면서 먹으면 정말 맛있어지지 않을까 하는 생각이 들었다.

"미미, 위에 부담이 될 수도 있으니 무리하지 마. 남겨도 돼."

나루야의 말을 뿌리치듯이 튀김 덮밥을 먹어댔다. 대식가인 나루야조차도 다 먹지 못할 정도의 밥을 전부 먹어 치웠다. 고급 기름을 사용하지 않아서 금방 위가 부글거리기 시작했다. 그렇지만 후회는 없었다.

홍차를 마시고 밖에 나가자 멋진 저녁놀이 하늘을 물들이고 있었다. 다른 게르에서 지내는 외국인 손님과 몽골인 관광객들도 모두 나와 하늘을 바라보고 있었다. 황홀한 아름다움에 눈물이 흘렀다. 주체할 수 없이 감정이 북받쳐 그 자리에 꼼짝 못하고 서 있었더니 나루야가 곁에 와서 슬며시 나의 손을 잡았다. 잠시 우리 둘은 손을 잡은 채로 얼어붙은 듯 석양을 감상했다. 조금 으스스한 기분이 드는 진한 분홍색이었지만 하늘이 인간의 용기를 시험하는 것 같았다. 그리고 순식간에 어둠이 찾아왔다.

나루야가 말한 대로 바람도 없고 아주 춥지도 않은, 내가 몽골에 온 이래로 가장 기분 좋은 밤이었다. 나루야가 완만한 언덕의 정상에 있는 비교적 평평한 곳에 두 개의 침낭을 놓았다. 이부자리를 빼앗긴 히미쓰는 근처의 유목민이 사는 곳에 가서 자기로 했다고 말해 주었다.

침낭 안으로 들어가 지퍼를 목 끝까지 채웠다.

"잠자리는 어때?"

"바닥이 조금 울퉁불퉁하긴 해도 괜찮아."

"춥거나 침대에 가서 자고 싶으면 언제든 깨워."

"고마워. 그런데 이대로도 푹 잘 것 같은데."

말을 마치자마자 졸음이 몰려왔다. 튀김 덮밥을 전부 먹어 치운 것이 다행인지도 모른다. 이제껏 배가 고파서 잠들 수 없었던 날이 많았다.

잠들기 직전, 문득 눈을 뜨고 하늘을 보니 별들이 하나하나 나타나기 시작했다. '밤'이라는 글자의 미세한 알갱이들이 하늘에서 쏟아질 것만 같았다. 그것들이 땅에 수북이 쌓여 주변에 밤기운이 이슥하게 차올랐다. 오늘 밤은 분명 별이 가득한 멋진 하늘이 나타나겠지. 하지만 졸음을 당해낼 재간은 없었다.

"잘 자."

마지막 남은 힘을 쥐어짜서 나루야에게 인사했다.

"나를 몽골에 데려와 줘서 정말 고마워."

"나야말로 미미가 내 고향에 와 줘서 감사하고 있어. 참, 말한다는 걸 잊었는데 나루야란 이름은 몽골말로 태양 빛이라는 걸 생략한 건데……."

나루야의 말이 들리는 듯 마는 듯 하더니 나는 이내 깊은 잠에 빠져 버렸다.

누군가 이름을 부르는 것 같아 퍼뜩 눈을 떠 보니 밤하늘에 별이 가득했다. 이렇게 굉장한 별은 본 적이 없었다. 짙은 남색의 밤하늘에 무수한 별들이 흩어져 있었다. 순간 나루야를 깨울지 고민했다. 하지만 귀를 기울이니 나루야의 코 고는 소리가 들려서 그만두었다. 언젠가 다시 나루야와 몽골에 올 날이 있을 것 같았다. 분명 그럴 것이다.

나는 지금 과거에 공룡들이 당당하게 활보하던 그 대지 위에 누워 있다. 그것은 누군가의 심장 소리와 닮아서 쿵쾅쿵쾅 세차게 울리며 다가오더니 이내 멀어져 갔다.

나는 홀로 눈을 뜨고 잠시 동안 밤하늘에 가득한 별을 바라보았다.

✳

옮긴이 후기

소설 《달팽이 식당》으로 데뷔한 오가와 이토는 여성 특유의 섬세하고 따뜻한 시선으로 다수의 소설을 써 왔으며 그 외에도 많은 종류의 책을 출간했다. 요리에 관심이 많아 각종 요리책과 일기 형식의 에세이, 자신의 생활을 담은 사진집 등을 출간했고 그림책을 번역하기도 했다. 이러한 서른여섯 편의 작품 전체를 하나의 주제로 묶어 낼 수는 없지만 사진집 하나에도, 그림책 하나에도, 작가는 상처에 관한 '치유'를 담았다. 상처는 크고 작다. 아주 작은 생채기부터 인생 전체를 짓누르는 엄중한 굴레까지, 작가가 그리는 상처는 사소한 일상과 가슴 밑바닥에 유유히 흐르는 아픔을 곳곳에서 잡아냈다.

《이 슬픔이 슬픈 채로 끝나지 않기를》에 수록된 세 개의 단편들 또한 다양한 모습의 상처를 스스로 치유하는 과정을 그리고 있다. 각각 조력자를 통해 자신과 주변을 돌아보고 살아갈 힘을 얻는다는 것이 주인공들의 공통점인데, 그 중 첫 번째 작품인 〈모유의 숲〉은 자식을 잃고 '수유 센터'라는 곳에서 그 고통을 치유 받고 치유하는 어머니의 모습을 통해 작가의 독특한 시선을 느낄 수 있다.

과연 이러한 '수유 센터'는 실제로 존재하는 것일까? 일본의 풍속점 중에 이런 비슷한 행위를 하는 곳은 있지만 그것이 과연 '치유'를 목적으로 하는 곳인지는 분명하지 않다. 아마 성적인 쾌락을 목적으로 하는 곳이 대부분이겠지만, 작가는 이곳에서 다른 시각으로 소재를 찾아냈다. 분명 이야기에 등장하는 '모유의 숲'은 가상의 공간이며 상상의 공간임이 틀림없다. 아직 젖을 떼기도 전에 아이를 잃은 요시코는 아이를 차마 저 세상에 보내지 못하고 괴로워한다. 그런 그녀가 모성을 그리워하는 이에게 위로를 전하고 자신 또한 위안을 받는다. 모유의 숲에 모인 오카마 점장이나 남편에게 맞고 사는 러시아 여자 그리아, 강간을 당해서 낳은 아이를 키우는 히마와리, 그리고 엄마가 그리워 그곳을 찾는 남학생 등은 모두 사회의 그늘 속에서 살아가는 지친 사람들이다. 그들이 만들어낸 치유의 공간이 엉뚱하긴 하지만 코끝 찡하게 느껴지는 것은 아마 우리 안에도 그들이 살아 있기 때문일 것이다.

이 작품은 한국어로 번역된 장편소설《트리 하우스》와 같이 각기 다른 세계의 사람들이 모인 이상향과 같은 배경을 설정해, 해결하기 힘든 현실의 가혹함을 판타지적 요소로 풀어냈다. 오가와 이토는 다양한 작품들을 통해 주로 일상에서 생겨

나는 비교적 가벼운 갈등을 그려 왔지만, 〈모유의 숲〉과 다음 작품인 〈서클 오브 라이프〉에서는 깊은 상처를 가진 주인공들의 사연을 다뤘다.

〈서클 오브 라이프〉는 끊을 수 없는 혈연관계에 진저리를 치며 자신의 핏줄을 부인하고 어머니에 대한 애증의 감정에 상처받은 '가에데'의 이야기를 통해 보다 무거운 삶의 굴레를 그렸다. 주인공의 조력자인 '하루코 이모'라는 인물은 어쩌면 조력자라기보다 가에데 자신의 마음속에 미뤄뒀던 긍정적인 분신이라고 할 수 있다. 연어가 회귀하듯 자신이 태어난 캐나다로 돌아가 그토록 증오하며 거부했던 어머니라는 존재를 다시 생각하게 되는 데는 하루코 이모가 끊임없이 응원해 주었던 '어릴 적 나의 선함'이 크게 작용했다.

또 다른 조력자 마사시 역시 핏줄을 부정하고 '자손 잇기'를 거부하는 가에데에게 따뜻한 손을 내밀며 함께 나아가자는 메시지를 보낸다. 어쩌면 작가는 우리들에게 이러한 조력자가 돼 보지 않겠냐고 제안하는 듯하다. 우리는 과연 내가 누군가를 그렇게 감싸 안을 수 있을까 하는 의문을 갖게 된다. 그러나 그것이 불가능한 것이 아니라는 사실을 보여주는 방식은 대단한 사건을 통렬한 관점에서 해결해 주는 것이 아니라 조금 더 기다려 주고 조금 더 들어 주는 아주 사소한 것이었다.

나는 역시 그 여자의 굴레에서 영원히 벗어날 수 없을지도 모른다.

그 치열한 싸움이 끝나는 것은 그 여자가 죽었을 때가 아니라 내가 이 세상에서 사라졌을 때가 아닐까. 이 고통은 평생 계속될지도 모른다. (중략)

아이들은 어째서 부모를 선택할 수 없는 것일까. 부모 자식 관계는 제비뽑기 같아서 나처럼 운이 나쁜 사람은 일생 '흉'이 따라다닌다. 이 몸에 그 여자의 피가 흐르는 한, 그리고 내 몸이 생명 활동을 계속하는 한, 나는 계속 짊어지고 살아야 하는 것이다.

이렇게 먹구름 같은 절망을 등에 지고 살아가던 가에데는 긍정적 분신인 이모와 미래를 함께할 마사시의 도움으로 한 발 앞으로 나아가기로 결심한다. 그러나 어떤 화해의 제스처도 나누지 못한 채 죽어버린 어머니를 쉽게 용서하는 것은 사실 현실적이지 못하다. 다만 마음속에 드리운 불안을 걷어내고 어머니 역시 어머니 나름의 삶을 살아왔음을 인정하는 것이 오가와 이토다운 결말이라 할 수 있다. 그러다 보니 과거 회상이 많은 부분을 차지한 것은 아쉽지만 여성의 삶, 그 중에서도 딸의 시선으로 바라본 어머니의 삶을 조명한 것은 높이 평가할 만하다.

이 책에서 가장 긴 분량을 차지한 〈공룡의 발자국을 따라서〉는 주인공 '미미'의 갈등이 하나로 크게 도드라지지 않는다는 점에서 앞의 두 작품과 차이가 있다.

이제 20대 초반인 여성이 겪은 불륜 상대와의 연애 실패와 동경해 왔던 일에 대한 회의, 거기에 툭 하고 던져진 중학교 시절 친구의 자살. 친구의 장례식에도 제대로 참석하지 못했던 첫사랑 나루야와 미미는 자살한 친구의 얘기를 선불리 꺼내지 못한 채 자신들의 문제를 하나둘 꺼내 놓기 시작한다. 작품은 나루야의 고향인 몽골에서 마주한 대자연의 포용 안에서 주인공이 안고 있던 문제가 한 점으로 작아지면서 조력자 역할인 나루야와의 미래를 암시한다. 이 작품에서는 주인공의 갈등이나 문제가 어떤 대상과 크게 부딪히는 일 없이 그저 마음속에서 일어나는 삶의 회의나 문명생활 속에서 불평하며 살아 온 자신에 대한 일상적인 반성 정도가 다뤄지는데, 극적인 갈등

구조에 익숙해진 시각으로 보면 조금은 밋밋한 전개가 아닐까 싶다. 하지만 그러한 일상적이고 사소한 마음속 갈등이 더욱 큰 공감을 불러일으켜 낯선 몽골에서의 생활에 익숙해져가는 인물들에게 다가갈 수 있었다. 20대가 되어 사회에 첫발을 내딛으며 기대했던 이상에 상처 받고 사랑의 쓰라림을 맛보며 함께했던 친구들이 좌절하는 모습을 담담히 지켜봐야 하는 이 작품이야말로 대부분의 사람들이 겪고 있거나 이미 겪었던 우리들의 이야기였다. 오가와 이토는《안녕, 나의 사랑아》라는 거의 시와 같은 문장으로 번역된 프랑스 동화에서도 연애에 상처 받은 여성이 산들바람과 잎사귀, 물고기, 그리고 시냇물이 졸졸 흐르는 소리, 새들이 지저귀는 소리에 스스로를 다독이는 모습을 그렸다.

작가는 훌륭한 조력자의 조언을 통해 이 작품에서 말하고자 하는 바를 그대로 보여 준다.

"만일 스스로를 잘 모르겠다면 더 넓은 세계로 나가서 자신보다 높은 곳을 올려다봐. 좁은 세계에서 우물쭈물하다가는 마음이 좁아지고 쓸데없는 생각에 빠지게 되니까. 아무도 나를 모르는, 아무도 알아주지 않는 넓은 세계에 스스로를 던지면 자신이 얼마나 보잘것없는 존재인지 싫어도 깨닫게 되지. 그럼 더 성장할 수 있어. 자신의 한계를 만드는 것은 자기 자신이야."

(중략)

"그건 나도 마찬가지야. 하지만 살아 있다면 몇 번이고 기회가 와. 살아 있다면."

나루야는 마지막 단어를 힘주어 강조했다. 살아 있다면 어떻게든 다른 문이 열린다.

〈공룡의 발자국을 따라서〉는 소설 형식이지만 에세이적인 내용을 많이 담고 있다. 오가와 이토가 쓴 에세이로는 일기 형식의 《펭귄과 살다》나 《어서 와요, 지구식당으로》와 같이 남편과의 일상이나 맛있는 음식점을 찾아다니는 에세이 등이 있다. 그 중 몽골, 캐나다, 이탈리아 등을 다니며 만난 사람들과 각 나라의 음식을 소개한 에세이 《나의 꿈은》이 이 단편의 출발점이 아닐까 싶다. 소설의 정점이 다소 흐트러진 느낌도 있지만 자연으로부터 느끼는 현장감이 뛰어난 작품이라 할 수 있다.

'실의에 빠져 허우적대는 이를 위로하는 법'이라는 글을 본 적이 있다. 우리가 쉽게 사용하는 "힘내!"라는 말이 사실은 결코 위로가 될 수 없다는 글이었다. 슬픔에 빠진 이를 무조건 일어서라고 재촉하는 것일 뿐, 그에게 공감하는 감정의 나눔이 빠져 있다는 것이었다. '나도 이렇게 슬픈데 당신은 더 슬프겠지' 하는 공감이 빠진 위로는 상대에게 아무런 도움이 되지 못한다. 오가와 이토의 이 작품은 '겨우 그걸 가지고'라는 질타와 '어서 일어나! 생활에 차질이 생기지 않게'라는 독촉이 위로라는 이름을 달고 있는 삭막한 세상에 아주 명확한 해법을 제시하진 않지만 한 문장 한 문장이 우리 곁을 따라오며 속삭여 준다. 모두들 여기에 이렇게 살아가고, 사소한 것으로 스스로를 다독이며 '치유'하며 나아간다고.

홍미화

옮긴이 홍미화

일본 고베대학교 대학원에서 이중언어교육 석사 과정을 마치고 일본어 전문 번역가로 활동 중이다. 번역한 책으로는《나가에의 심야상담소》,《여기는 아미코》,《공부력》,《마지막 기차는 너의 목소리》 등이 있다.

이 슬픔이 슬픈 채로 끝나지 않기를

1판 1쇄 발행 2017년 1월 23일
1판 6쇄 발행 2022년 7월 18일

지은이 오가와 이토
옮긴이 홍미화

발행인 양원석
편집장 김건희
영업마케팅 조아라, 이지원
펴낸 곳 ㈜알에이치코리아
주소 서울시 금천구 가산디지털2로 53, 20층(가산동, 한라시그마밸리)
편집문의 02-6443-8904 **도서문의** 02-6443-8800
홈페이지 http://rhk.co.kr
등록 2004년 1월 15일 제2-3726호

ISBN 978-89-255-6085-4 (03830)